KB122121

달콤한 인생을 위한

긍정의
레시피

Believe you Can-The Power of a Positive Attitude
Copyright ⓒ 2004 by John Mason.
Originally published in English by Revell,
a division of Baker Publishing Group, Grand Rapids, U.S.A.
All rights reserved.
Korean translation rights arranged with Revell,
U.S.A. and Dong-Hae Publishing Inc,
Korea through PLS Agency, Korea. Korean translation edition
ⓒ 2010 by Dong-Hae Publishing Inc, Korea.

이 책의 한국어판 저작권은 PLS Agency를 통한
저자와의 독점 계약으로 동해출판에 있습니다.
신저작권법에 의하여 한국내에서 보호를 받는 저작물이므로
무단전재와 무단복제를 금합니다.

| 달콤한 인생을 위한 |

긍정의
레시피

존 메이슨 지음 | **정향** 옮김 | **장운갑** 편역

Prologue

가장 큰 적은 자신이라는 말이 있다.

우리가 마주할 최대의 적은 바로 우리 자신이며, 또 하나는 "저 사람처럼 돼야 해. 저 사람이 하는 대로 해. 사람들을 따라 해!"라는 끈질긴 내면의 목소리이다. 그러나 다른 사람과 비슷해지려고 하면 아무리 잘해 봐야 2등밖에는 하지 못한다.

자신만의 고유한 청사진을 따라야 한다. 다른 사람을 따라 하고 싶은 마음을 물리치고 자신만의 제약 없는 삶을 살아야 한다

베스트셀러 작가 존 메이슨은 이 책을 통해, 긍정적이고 적극적인 태도를 기를 수 있도록 조언하고 있다.

이 책에는 다음과 같이 용기와 도전, 동기부여를 위한 주옥같은 조언들이 담겨있다.

반드시 할 수 있다고 자기 자신을 믿어라! 그러면 놀라운 일이 일어날 것이다. 성공하지 못하는 이유는 할 수 있다고 자기 자신을 믿지 않기 때문이다.

우리는 '다른 사람과 차이'를 만들어내고 특별하고 자유로운 삶을 살기 위해 태어났다.

당신은 그 누구도 아닌 '당신 자신'이다!

:: 차례 ::

③ 변화와 수용의 레시피

Part 1

긍정의
레시피

우리가 살면서 해야 할 일은 다른 사람보다 앞서 가는 것이 아니라 자기 자신보다 앞서 가는 것이다.

곧 자기 자신의 기록을 깨고, 어제의 자신보다 나은 자신이 되고, 전에 없었던 힘으로 해야 할 일을 하는 것이다.

다른 사람에게 속는 일은 없다. 자기 자신에게 속을 뿐이다. 최고의 친구이자 최고의 적은 바로 우리가 자기 자신에 대해 갖는 생각이다.

마음의 생각이 어떠하냐에 따라 위대한 사람이 되기도 하고 그렇지 않은 사람이 되기도 한다.

지금 있는 곳만 볼 것이 아니라 앞으로 갈 곳을 보기 시작해야 한다. 생각이 어디로 흘러가는지 잘 지켜보아야 한다. 생각이 가는 곳에 말과 행동도 가게 마련이기 때문이다.

오직
자기 자신뿐이다

한 중년 여성이 심장마비를 일으켜 다급히 응급실로 후송되었다. 수술대 위에서 여자는 죽음을 넘나드는 체험을 하게 된다. 신 앞에 선 여자가 내 인생은 이렇게 끝나는 것이냐고 물었다.

신이 이렇게 대답했다.

"아니다. 너에겐 아직도 살날이 43년 2개월하고도 8일이 남아 있느니라."

회복이 되자, 여성은 병원에 눌러 앉아 주름제거 수술, 지방흡입술, 뱃살 제거 수술 등 온갖 시술을 받았다. 심지어 미용사를 병원으로 불러 머리카락을 염색하기도 했다. 살날이 그토록 많다면 최대한 의미 있는 시간을 보내고 싶다는 생각 때문이었다.

마침내 그녀는 마지막 시술을 받고 퇴원을 했다.

그런데 병원을 나서 길을 건너다가 과속으로 달려오는 앰뷸런스에 치어 죽고 말았다.

신 앞에 당도한 그녀는 씩씩거리며 말했다.

"살날이 40년도 더 남았다고 하셨잖아요."

그러자 신이 대답했다.

"너를 잘 몰라 봤느니라."

자기답게 살아야 한다. 잘 생각해 보자. 아는 사람 중에 불만에 가득 찬 사람들은 대개 다른 사람을 흉내 내거나, 하지 말아야 할 일을 하지 않던가? 아프리카 속담에 나무가 물속에 10년을 있을 수는 있어도 악어가 될 수는 없다는 말이 있다. 또 어떤 선지자는 "사람이 자신의 피부를 표범의 반점으로 변하게 할 수 있느냐?" 하고 물었다.

지금 이대로의 자신이 되어야 한다. 그것이 지금보다 나은 사람이 되기 위한 첫 걸음이다.

자신을 있는 그대로 받아들일 때 비로소 변할 수 있다는 사실, 그것은 참 묘한 역설이 아닐 수 없다.

모든 사람에게 맞추어 자기 자신을 다듬는 사람은 결국 자기 자신을 깎아내어 마침내는 존재감마저 없애 버릴 것이다. 자신의 삶에 대한 청사진이 없다면 다른 사람의 삶의 들러리가 될 뿐이다. 절대로 자기 자신 외의 것이 되지 말아야 한다. 거짓된 모습으로 사랑을 받느니 참모습으로 미움을 받는 편이 낫지 않겠는가.

있는 그대로의 자신을 받아들이지 못한다면 그 무엇을 가져도 만족하지 못한다.

당신에게 주어진 삶은 자신의 삶 단 하나뿐이다. 다른 사람이 간 길을 따라가는 사람은 자기 발자국은 남길 수 없다. 삶의 어려움은 대부분 자기 자신을 몰라보고 자신의 진정한 가치를 지나치기 때문에 겪게 된다. 기억해야 한다. 이 지상의 훌륭한 모든 것은 독창성의 결과물이다.

사람들은 대개 죽을 때까지 자기 자신을 모르고 살아간다. 당신만큼은 그렇게 살지 말아야 한다.

하지만 세상에서 가장 되기 쉬운 것은 자기 자신이다. 가장 되기 어려운 것은 다른 사람들이 바라보는 자기 모습이다. 당신은 다른 사람들 때문에 그토록 어려운 일을 하려고 하는가.

용기의 반대말은 두려움이 아니라 동조다. 자기 자신이 아닌 다른 사람으로 살려고 애쓰는 것만큼 어렵고 고된 일은 없다.

역사상 최고 화가 중의 한 명이 이런 말을 했다.

"어머니는 내게 이렇게 말씀하셨죠. '넌 군대에 가면 장군이 될 거야. 수도사가 된다면 끝내는 교황이 될 테고...' 그러나 난 화가의 길을 택했고 피카소가 되었죠."

흉내로 위대해진 사람은 없다. 흉내는 곧 한계를 드러낸다. 무언가에 대한 모조품이 되지 말아야 한다. 자기만의 자취를 남겨야 한다. 과감하게 자기다워져야 한다.

자신만의 고유한 생각 없이 다른 사람의 생각에 의존하는 사람은 노예나 다름없다. 미래의 모습에 대해서만 꿈을 꾼다면 현재의 자신을 낭비하는 것이다. 다른 누군가가 되기를 열망하며 일생을 보내는 사람만큼 불행한 사람도 없다.

성공을 구할 것이 아니라
진실을 구해야 한다

한 미국인 투자금융가가 멕시코의 작은 해안 마을 부두에 있을 때, 어부 한 명을 태운 작은 배가 부두로 들어왔다. 배 안에는 큰 황다랑이가 몇 마리 있었다. 금융가는 물고기가 좋다며 어부에게 인사를 건네고는 잡는 데 시간이 얼마나 걸렸는지를 물어보았다.

어부는 대답했다.

"잠깐밖에 안 걸렸소."

그러자 금융가가 물었다.

"왜 더 오래 있으면서 물고기를 더 잡지 않습니까?"

어부가 말했다.

"이거면 우리 가족이 먹기에 충분하고 남소."

금융가가 고집스레 물었다.

"그러면 나머지 시간에는 뭘 하십니까?"

어부가 대답했다.

"늦잠을 자고, 고기를 좀 잡고, 아이들과 놀아주고, 아내 마리아와 낮잠을 자고, 매일 저녁 마을로 가서 술 한잔 홀짝이면서 친구들과 기타를 치지요. 참 알차고 바쁘게 산다오."

금융가는 코웃음을 쳤다.

"저는 하버드 MBA인데 도움을 드릴 수 있어요. 고기를 더 오래 잡으셔야 합니다. 그래서 수익으로 더 큰 배를 사세요. 잡은 물고기를 중개인한테 팔지 마시고 가공업자에게 직매하세요. 그러다가 나중에는 직접 통조림 공장을 차리시고요. 제품과 가공, 유통을 모두 제어하게 되실 겁니다. 이 작은 마을을 떠나서 멕시코시티로, 또 로스앤젤레스로, 결국은 뉴욕으로 가셔서, 거기서 날로 번창하는 사업체를 경영하시게 되겠죠."

어부가 물었다.

"그러려면 얼마나 걸리겠소?"

금융가가 대꾸했다.

"15년에서 20년쯤 걸리겠죠."

"그런 다음에는요?"

어부가 물었다.

금융가는 웃으며 대꾸했다.

"그게 제일 좋은 부분이죠. 때가 무르익으면 주식 공모를 공표하시고, 일반인에게 주식을 파세요. 그러면 엄청난 부자가 될 겁니다. 수백만 불을 벌 거예요."

"수백만 불이라고요? 그런 다음에는요?"

"그런 다음엔 은퇴해야지요. 작은 해변 어촌으로 이사해서, 늦잠을 자고, 고기를 좀 잡고, 아이들과 놀아주고, 아내와 낮잠을 자고, 매일 저녁 마을로 가서 술 한잔 홀짝이면서 친구들과 기타를 칠 수 있죠."

신은 우리에게 살림하는 법을 가르치지 않으셨다. 사는 법을 가르치셨다. 또한 신은 우리에게 성공보다는 충실하라고 가르친다.

사람들은 대부분 엉뚱한 목표에 눈독을 들이고 있다. 더 많은 돈, 더 높은 위치, 혹은 더 큰 영향력이 우리 목표인가? 이것들은 목표가 아니라, 진정한 목표의 부산물에 지나지 않는다.

성공을 구할 것이 아니라 진실을 구해야 한다. 그러면 둘 다 손에 넣게 될 것이다. 우리는 무엇을 얻기 위해서가 아니라 무엇이 되기 위해서 노력해야 한다. 재산을 셈할 때

는, 가진 것이 아니라 돈을 받고도 팔지 않을 것을 보아야
한다.

행복은 보상이 아니라 결과다. 고생 또한 벌이 아니라 결
과다.

성공은 목표로 하는 것을 이루는 데 있지 않고, 이뤄야만
하는 것을 목표로 삼는 데 있다. 보상보다는 길을 높이 사
야 한다. 최선을 다하고 결과는 신에게 맡겨야 한다.

무엇이든 시도해야 한다

지미의 어머니가 아침 7시에 외쳤다.

"지미! 일어나라! 학교에 갈 시간이다."

아무런 대답이 없다.

어머니는 다시 더 큰 소리로 말했다.

"지미! 일어나렴! 학교 갈 시간이라니까."

또 아무런 대답이 없자 화가 치민 어머니는 방으로 가서 지미를 흔들어 깨우며 말했다.

"지미! 학교 갈 준비를 해야지."

그러자 지미가 대답했다.

"엄마, 나 학교 안 갈래요. 학교에 애들이 1,500명이나 있는데 다들 날 싫어해요. 학교 안 갈래요."

"그러면 되니, 그래도 학교에 가야지!"

"근데 엄마, 선생님들도 모두 날 싫어해요. 전에도 여럿

이서 이야기하는 걸 들었는데 한 명이 날 가리키고 있더라고요. 다들 날 싫어한다고요. 그러니까 학교에 안 갈래요."

"학교에 어서 가!"

어머니가 명령했다.

"엄마, 이해가 안 돼요. 도대체 왜 날 그렇게 괴롭히고 고생시키려는 거예요?"

"두 가지 이유가 있어."

어머니가 퍼붓기 시작했다.

"첫째, 넌 마흔둘이야. 둘째, 넌 그 학교 교장이잖아."

물론 때때로 지미 같은 기분이 들어본 적이 있을 것이다. 그냥 학교 가기가 싫은 기분 말이다. 학교란 당연히 삶을 말한다. 살다 보면 앞길에 놓인 어려움에 맞서기보다는 자퇴하거나 땡땡이를 치는 게 나아보일 수도 있다.

삶은 결국 '시작'이라는 사실을 이해하는 순간 성공은 시작된다. 그러니 지금 있는 곳에서 당장 시작해야 한다. 지금 가진 것으로만 시작할 수가 있으며, 갖지 못한 것으로는 시작할 수가 없다. 기회는 항상 당신이 지금 있는 곳에 있으며, 과거에 있었던 곳에 있지 않다. 어디론가 가려면 일단은 길을 나서야 한다. 그렇지 않으면 아무 데도 갈 수 없다.

우리 각자가 해결해야 할 문제는 돈과 시간, 영향력과 교육적 혜택을 받았을 때, 어떻게 할 것이냐가 아니다. 지금 가진 것으로 어떻게 할 것인가가 문제다. 우리 모두는 이미 가진 것만으로도 필요한 모든 것을 만들어갈 능력을 갖고 있다.

우리는 갖지 못한 것에 대해 과소 또는 과대평가하는 경향이 있다. 그래서 사람들은 언제든지 할 수 있는 일은 소홀히 하면서 못 하는 일을 하려고 애를 쓴다. 지금 있는 그 자리에서, 지금 가진 그것으로 지금 할 수 있는 일을 당장 시작해야 한다. 무언가를 완벽히 익히는 유일한 방법은 바닥부터 시작하는 것이다. 성공하려면 지금 할 수 있는 일을 당장 시작해야 한다.

결국 갖지 못한 것 때문에 흔들리는 것은 가진 것을 낭비하는 일이 되는 것이다. 실제로 남들이 누린 혜택을 누리지 못했기 때문에 성공한 사람들이 얼마나 많은가.

갖지 못한 것만 탐하면 가진 것을 망치게 된다. 다만 지금 가진 것도 예전에는 탐하던 것임을 기억해야 한다.

거의 모든 것이 무(無)에서 시작된다.

이미 갖고 있는 것을 적재적소에 활용함으로써 얻는 발

전만큼 확실한 발전은 없다. 성공에 이른 사람들도 처음 있던 곳에서 출발했다.

　더는 희망이나 두려움으로
　앞도 뒤도 보지 않으리
　그러나 내가 찾는 좋은 것,
　지금 그리고 여기의 최고의 것에 감사하리…….

－존 그린리프 휘티어(John Greenleaf Whittier)－

　해보기 전에는 자신이 무슨 일을 할 수 있는지 알 방법이 없다. 꿈을 이루는 데 가장 중요한 촉매는 바로 지금 있는 그곳에서 출발하는 것이다. 우리가 모든 걸 할 수는 없지만 할 수 있는 일은 있다. 할 수 없는 일 때문에 할 수 있는 일을 못 하는 어리석음을 범해서는 안 된다.

자유를 얻는 유일한 길은
진실함이다

한 목사가 거리를 걷다가 열 살에서 열두 살 사이쯤 되는 열 명 남짓한 아이들과 마주쳤다. 아이들은 개 한 마리를 둘러싸고 있었다. 걱정이 된 목사는 다가가서 물었다.

"그 개를 어쩌려는 거냐?"

아이 하나가 대답했다.

"옛날부터 동네에서 돌아다니던 개예요. 우리는 다 이 개를 갖고 싶은데, 한 명만 집에 데려갈 수 있잖아요. 그래서 거짓말을 제일 잘하는 애가 개를 갖기로 했어요."

물론 목사는 깜짝 놀랐다.

"너희들, 거짓말 경연대회 같은 건 하면 안 된다!"

목사가 소리친 다음 10분 동안 설교를 했다.

"너희는 거짓말하는 게 죄라는 걸 모르느냐? 내가 너희들 나이 때는 거짓말을 단 한 번도 해 본 적이 없다."

잠시 동안 쥐 죽은 듯이 정적이 흘렀다.

목사가 이제 말이 통했나 보다 했을 때, 그 중에서 가장 어린 아이가 한숨을 푹 내쉬더니 말했다.

"어쩔 수 없지, 이 개는 목사님 거야."

마음을 터놓으면 못 이를 곳이 없다. 진실은 이미 존재한다. 지어내야 하는 것은 거짓뿐이다. 기억해야 한다. 기름이 물에 뜨듯 진실은 반드시 거짓 위에 뜨게 마련이다.

아무리 하얀 거짓말이라도 우리의 명성에는 까만 자국을 남긴다. 진실을 비틀다 보면 이야기에 구멍이 날 수밖에 없고, 진실을 비틀다 보면 자신에게 튕겨온다.

진실을 끈질기게 주장하면 어떤 싸움에서도 이길 수 있다. 진실은 인기가 없을지 모르지만 항상 옳기 때문이다. 아무도 믿고 싶어 하지 않는다 해서 진실이 거짓이 되는 건 아니다.

그러나 반쪽짜리 진실을 두 개 합친다고 해서 온전한 진실이 되지는 않는다. 오히려 반쪽짜리 진실을 경계해야 한다. 당신이 가진 쪽이 틀린 반쪽일지도 모르기 때문이다. 거짓은 다리가 없다. 그래서 결국 다른 거짓말들에게 부축을 받아야 한다.

항상 진실을 말해야 한다. 그러면 무슨 말을 했는지 기억할 필요도 없어진다.

진실만큼은 대용품이 없다. 그리고 정직을 대신할 수 있는 것도 없다. 거짓말이 당장은 통할 수 있지만 미래는 없다. 거짓말 위에 쌓아올린 희망은 백이면 백, 패배의 시작이 된다. 뒤가 구린 사람이 어떻게 향기로운 삶을 살 수 있겠는가.

조지 버나드 쇼(George Bernard Shaw)는 이렇게 말했다.

"거짓말쟁이에게 내려지는 가장 큰 벌은 사람들이 자기 말을 믿지 않는 게 아니라, 자신이 다른 사람들을 믿지 못하게 되는 것이다."

거짓말쟁이에게는 진정한 친구가 없다. 그도 그런 것이 어찌 그를 믿을 수 있겠는가? 거짓말을 하고 나서 참말을 하면 참말도 거짓말로 여겨질 것이다.

거짓말쟁이가 아무리 진실을 말한들 누가 믿어주겠는가. 정직한 사람은 진실에 맞게 자신의 생각을 바꾸지만, 정직하지 못한 사람은 자기 생각에 맞게 진실을 바꾼다.

정직에는 정도의 차이가 없다. 자유를 얻는 유일한 길은 진실한 사람이 되는 것이다. 진실은 강하며 진실은 이기기 마련이다. 진실을 당해낼 힘은 이 땅에 없다. 그러므로 진실을 말해야 한다.

패배했을 때 끝나는 것이 아니라
포기했을 때 끝나는 것이다

　새끼 기린이 세상에 나오는 일은 쉬운 일이 아니다. 새끼 기린은 어미의 자궁으로부터 3미터를 떨어져 보통 등부터 땅에 닿는다. 몇 초 후 새끼는 몸을 굴려 다리를 몸통 아래로 숨긴다. 이 자세로 새끼는 처음으로 세상을 보고, 눈과 귀에 남아 있는 마지막 분비물을 털어낸다. 그러고 나면 어미 기린은 새끼를 거칠게 삶의 현장으로 내몬다.

　게리 리치몬드의 책 '동물원에서(A View From the Zoo)'에는 갓 태어난 기린이 첫 번째 가르침을 받는 모습이 잘 묘사되어 있다. 어미 기린은 고개를 숙여 새끼를 잠깐 살펴본다. 그런 다음 새끼 바로 위에 선다. 어미는 1분 정도 기다렸다가 갑자기 긴 다리를 휘둘러 새끼를 걷어차는 것이다. 그러면 새끼는 거꾸로 뒤집혀 뻗어버린다. 새끼가 일어나지 않으면 이 짓은 몇 번이고 계속된다. 일어나려는 새끼는 혼신의 힘을 다해 몸부림 친다. 새끼가 힘들어하면 어미는 다시 걷어차 새끼를 다그친다. 마침내 새끼는 휘청거리는 다리로 난생 처음 세상에 일어선다. 그러면 어미는 또다시 희한한 행동을 한다. 새끼를 다시 걷어차는 것이다. 왜 이런 행동을 계속하는 것일까? 새끼가 일어나는 법을 기억하기를 바라기 때문이다. 야생에서 새끼 기린은 최대한 빨리 일어나 무리를 쫓아갈 수 있어야 한다. 무리와 함께 있어야 안전하기 때문이다. 사자, 하이에나, 표범과 사냥개는 '혼자 있는' 새끼 기린을 좋아한다. 그러므로 어미가 재빨리 일어나 따라가는 법을 가르치지 않으면 손쉬운 먹잇감이 되고 말기 때문이다.

뛰어난 사람들의 삶도 이런 이야기와 일맥상통한다. 그들은 머리를 얻어맞고, 쓰러지며, 욕을 먹고, 몇 년 동안 제자리걸음을 한다. 그러나 그들은 쓰러질 때마다 다시 일어난다. 이런 사람들은 파멸시킬 수가 없다.

세상은 항상 우리에게 그만둘 기회를 준다. 그러나 그만두는 것은 알고 보면 전혀 기회가 아니다.

필자는 작가이기에 책에 사인할 기회가 많다. 나는 사인과 함께 힘이 되어주는 말을 적어주는 걸 좋아한다. 이때 내가 가장 자주 사용하는 말이 있다.

"절대로 포기하지 마세요!"

이 간단한 말이 숱하게 강조되어온 성공법칙 중에서도 가장 강력하다.

조엘 버드(Joel Bird)는 "자신이 인정하지 않는 이상 어떤 말도 결정적이지는 않다."고 했고, 리처드 닉슨(Richard Milhous Nixon) 또한 "사람은 패배했을 때 끝나는 것이 아니라, 포기했을 때 끝나는 것."이라고 말했다.

몇 년 전 나는 큰 성공을 거둔 '성공 세미나'의 설립자인 피터 로위(Peter Lowe)와 대화를 나눌 기회가 있었다. 그는 이야기 끝에 이렇게 말했다.

"성공한 사람들에게서는 포기하고 싶은 유혹을 떨쳐냈다는 공통점을 발견할 수 있어요."

쓰러진 후 주먹을 불끈 쥐고 다시 일어섰을 때 자신의 능력을 최대한 발휘할 수 있다. 어려울 때일수록 도전을 멈추지 말아야 하며 누가 밀치지 않는다면 쓰러지지도 말아야 한다. 끈기의 원칙을 알고 있었던 마거릿 대처(Margaret Thatcher)는 "전투에 이기려면 두 번 이상 싸워야 할 때도 있다."고 말했다.

선택은 우리의 몫이다. 벌떡 일어나서 다시 시작하거나 좌절한 채 쓰러져 있거나 둘 중의 하나이다. 패배를 인정하기 전까지는 패배한 것이 아니다. 성공은 끊임없이 도전하려는 의지에 달려 있다. 누구나 그만둘 수 있고 포기할 수 있다. 그러나 살아갈 용기를 가져야 한다.

스스로 다시는 일어서지 않겠다고 결심하지 않는 한 어느 누구도 그 무엇도 당신을 주저앉힐 수는 없다. 승리하는 사람은 여러 번 KO를 당한 적이 있을지 모르지만 결코 자리에 드러눕지 않는다. 하지 않을 방법을 찾지 말고 할 방법을 찾아야 한다.

변명은
그 어떤 이유도 없다

'나는 선수 생활 동안 9천 번 이상 슛을 잘못 날렸다. 또 3백 번 이상 경기에서 졌다. 스물여섯 번은 승패를 결정지을 슛 기회가 왔지만 실패했다. 나는 평생 실패, 또 실패를 했다. 아이러니하게도 그게 내가 성공한 이유다.'

이는 역사상 최고의 농구선수인 마이클 조던의 고백이다.

인생의 반은 앞으로 해야 할 일을 이야기하면서, 반은 왜 그 일을 못했는지 변명하면서 보내지 말아야 한다. 알리바이란 당신이 실제로 하지 않은 일을 했다고 하는 거짓 증거를 내밀어 남들을 속이는 것이다.

실수는 알게 모르게 도움이 되지만, 실수를 다른 사람 탓으로 돌리면 도움이 되지 않는다. 핑계를 대는 것은 변화와 발전의 기회를 던져버리는 것과 같다. 자꾸 넘어질 수 있지만 누군가에게 밀려서 넘어졌다고 말하지 않는 한 실패자는 아니다. 칭찬할 때는 아무에게나 해도 괜찮지만 그 어느 누구도 탓해서는 안 된다.

변명이 발에 채이더라도 주워듣지 말아야 한다. 실패자들은 변명의 대가들이다. 변명에 기댈 만큼 나약한 사람은 늘 변명거리를 달고 산다. 어설픈 변명을 받아줄 만큼 세상은 어설프지 않다. 변명거리를 찾기는 늘 쉬운 법이다. 알리바이를 찾을 게 아니라 방법을 찾아야 한다. 변명투성이로 살아서는 안 된다. 실수하고, 그 실수에 대해 변명하면 실수를 두 번 하는 셈이 되는 것이다. 덫에 걸린 여우는 자신이 아니라 덫을 탓한다. 그 여우처럼 되어서는 안 된다.

잘못을 인정하면 잘못을 지울 수 있고 이전보다 더 현명해질 수 있다.

일을 하지 않은 데 대한 알리바이를 만드는 것보다는 일을 제대로 처리하는 편이 쉽다. 변명을 생각해내려 하면 그만큼 시간과 창의력을 낭비하게 된다.

변명은 실패라는 집을 지탱해 주는 토대가 된다. 알리바이는 거짓말보다 더 나쁘고 더 번거롭다. 다른 거짓말들이 딸려 있는 또 다른 거짓말이기 때문이다. 변명은 뻔뻔한 거짓말을 얇은 한 겹으로 감싼 또 다른 거짓이다.

실패에 대한 이유는 여러 가지가 있을 수 있지만, 변명은 단 하나의 이유도 있을 수 없다. 어려움을 알리바이로 꾸미지 말아야 한다. 장애물을 알리바이로 바꾸거나 기회로 바꾸거나 둘 중 하나를 선택해야 한다. 삶의 목표를 이루는 데는 변명이 아무런 도움도 되지 않는다.

진정 무언가를 하고자 하는 사람은 길을 찾게 마련이며, 그렇지 않은 사람은 변명을 찾게 마련이다. 실패한 사람에게 성공이 무엇이냐고 묻는다면 운에 달려 있다고 말할 것이다. 그런 알리바이를 믿지 말아야 한다.

실패는 대개 변명하는 버릇이 있는 사람들에게 일어난다. 변명을 잘하면 다른 것은 잘하기 어렵다. 모든 수고에는 이익이 있어도 입술의 말은 궁핍을 가져올 뿐이다.

시련을 겪을 때가
시도해야 할 때다

두 남자가 난파를 당해 어떤 섬으로 표류해 왔다. 섬에 발을 내딛는 순간 그중 한 명이 소리를 지르기 시작했다.

"우린 죽고 말 거야! 죽을 거라고! 먹을 것도 없고 물도 없어! 우린 살 수 없을 거야!"

그런데 다른 남자가 야자나무에 기대서 마치 아무 일도 아니라는 듯 서 있는 것을 본 첫 번째 남자는 화가 치밀었다.

"이 상황이 이해가 안 돼? 우린 죽고 말 거라니까!!"

그러자 두 번째 남자가 대답했다.

"이해를 못 하는 건 그쪽이군. 난 일주일에 1억 원이나 벌거든."

첫 번째 남자는 어이가 없어서 그 남자를 쳐다보며 물었다.

"그게 무슨 상관이야? 물도 없고 음식도 없는 섬에 갇혔고, 게다가 지금 죽게 생겼는데!"

두 번째 남자가 대꾸했다.

"나는 일주일에 1억을 버는데 그중 10퍼센트를 십일조로 내거든. 목사님께서 날 구하러 올 거야."

끈질기게 시도하면, 자신도 그 사실을 알게 되고 다른 사람들도 알아준다. 꼭 해야 한다고 생각되는 일은 포기하지 말아야 한다. 실패는 끈기가 부족한 사람의 앞길에 서서 기다리고 있다. 그러나 '오늘의 인물'은 목표한 자리에 오르느라 숱한 밤낮을 지새운 사람들이다. 이들이 거둔 하룻밤의 성공은 평생 가장 긴 밤이었다. 성공하는 사람들은 실패자들이 하기 싫어하는 일을 더 오랫동안 했을 뿐이다.

거인은 끊임없이 시도하는 평범한 사람일 뿐이다. 끈기는 꿈이 생겨나서 이루어질 때까지 그 시간을 즐긴다. 하룻밤의 성공도 몇 년이 걸리는 것이다.

우리는 안 하려는 의지가 아니라 하려는 의지를 가진 사람이 되어야 한다. 세상의 모든 실패자들은 자신이 성공에 얼마나 가까이에 와 있는지를 모르고 포기한다.

3루에서 멈추든 삼진아웃을 당하든 점수가 나지 않기는

마찬가지다.

당신이 끈기를 갖는다면 패배하지 않았다는 증거가 된다. 추구하지 않은 것은 가질 권리도 없다. 욕망의 증거는 추구에 있기 때문이다. 끈기 있는 노력은 삶에서 가장 값진 보물 중의 하나다. 어느 누구도 당신에게서 빼앗아가지 못하는 보물이다.

한 번은 한 젊은이가 유명한 위인에게 이렇게 물었다.

"어떻게 하면 세상에 이름을 떨치고 성공할 수 있을까요?"

그러자 위인이 대답했다.

"자신이 원하는 것이 무엇인지 알고, 그것을 이룰 때까지 아무리 멀고 험할지라도 벗어나지 말고 꾸준히 가기만 하면 된다네."

성공이란 사람들이 포기하고 난 후에도 한참을 더 가야 손에 넣을 수 있다.

성공의 비결은 바닥부터 시작해서 한 계단 한 계단 올라가는 것이다. 그러나 대부분의 사람들이 시작한 일이 아닌 마친 일을 기준으로 성공을 평가하곤 한다.

자신을 정복하는 자를
당해낼 것은 없다

　아들과 아버지가 등산을 하던 중 갑자기 아들이 넘어지면서 비명을 질렀다.

　"아악!"

　놀랍게도 산 어딘가에서 따라 하는 목소리가 아들에게 들려왔다.

　"아악!"

　궁금해서 아들이 소리쳤다.

　"누구냐?"

　그러자 같은 대답이 들려왔다.

　화가 난 아들이 다시 소리를 질렀다.

　"비겁한 녀석!"

　그러자 다시 "비겁한 녀석!"이라는 대답이 들려왔다.

　아들은 아버지에게 물었다.

"도대체 어느 놈일까요?"

그러자 아버지가 씩 웃으며 말했다.

"잘 듣거라."

그리고는 산을 향해 소리쳤다.

"존경합니다!"

그러자 아까 그 목소리가 "존경합니다!"라고 대답했다.

다시 아버지가 소리쳤다.

"당신은 최고입니다!"

목소리는 다시 "당신은 최고입니다!"라고 대답했다.

아이는 놀랐지만 이해가 되지 않았다.

아버지가 설명하기 시작했다.

"사람들은 이 목소리를 '메아리'라고 하는데, 사실 삶도 이와 마찬가지란다. 네가 말하고 행동하는 대로 돌려준단다. 그리고 삶은 우리의 행동을 비춰주는 거울이란다. 삶은 우리가 하는 일을 우리에게 고스란히 되돌려 준단다."

삶은 우연이 아니라 우리의 거울이다. 자신이 안고 있는 문제가 누구 책임인지 알고 싶다면 거울을 보라. 만약 자신의 문제에 책임이 있는 사람을 걷어찰 수 있다면, 차인 곳이 너무 아파 오랫동안 앉지도 못할 것이다. 이제 자기 자신에게 걸림돌이 되는 일은 멈춰야 한다. 우리가 살면서 해야 할 일은 다른 사람보다 앞서 가는 것이 아니라 자기보다 앞서 가는 것이다. 곧 자기 자신의 기록을 깨고, 어제의 자신보다 나은 자신이 되고, 전에 없었던 힘으로 자신이 해야 할 일을 하는 것이다.

다른 사람에게 속는 일은 없다. 자기 자신에게 속을 뿐이다. 최고의 친구이자 최고의 적은 바로 우리가 자기 자신에 대해 갖는 생각이다. 마음의 생각이 어떠하냐에 따라 위대한 사람이 되기도 하고 그렇지 않은 사람이 되기도 한다.

지금 있는 곳만 볼 것이 아니라 앞으로 갈 곳을 보기 시작해야 한다. 생각이 어디로 흘러가는지 잘 지켜보아야 한다. 생각이 가는 곳에 말과 행동도 가게 마련이기 때문이다.

우리의 미래는 여러 가지에 좌우될 수 있지만, 무엇보다 자기 자신에 의해 좌우된다. 아무도 당신을 믿지 않더라도 성공할 수 있지만, 당신이 자기 자신을 못 믿으면 결코 성공할 수 없다.

당신이 어떤 세상에서 사느냐는 당신에게 달려 있다. 큰 꿈을 꿀 때 마음이 가장 큰 적임을 알아야 한다. 당신 자신이 바로 당신이 이겨내야 할 장애물이다.

목표가 없다면
어떤 일을 해도 소용이 없다

불확실한 미래를 향해 비틀거리며 걷고 있는가?

자기만의 고유한 목적을 어떻게 인식하고 있는지 자신을 되돌아보아야 한다. 그러면 자신의 미래를 예측할 수 있을 것이다.

사람들은 무엇으로부터 도망치는지는 알면서, 무엇을 향해 달리고 있는지는 모르는 경우가 많다. 가장 먼저 삶의 목표를 찾는데 초점을 맞추고, 그다음에 목표를 이루는 데 초점을 맞춰야 한다. 강력한 '왜'가 있으면 '어떻게'는 저절로 해결된다. 돈이나 재능이 아니라 목표가 가장 위대한 자산이 될 것이다.

당신이 마무리하도록 운명적으로 정해져 있는 일을 지금 당장 시작해야 한다. 목표를 해결하면 결과는 알아서 해결된다. 삶의 목표를 알고 그 목표를 실현하기 위한 원칙에 따라 살면 성공은 99퍼센트 이뤄진 것이나 다름없다. 무언가를 하고 싶다는 목표가 없다면 어떤 일을 해도 소용이 없다.

성과의 높이는 신념의 깊이와 같게 마련이다. 행복 그 자체를 추구하면 행복을 얻을 수 없지만, 목표를 추구하면 햇빛을 따르는 그림자처럼 행복이 따라온다.

무엇이 될 것인가? 무엇을 할 것인가라는 질문에 소신 있게 대답하지 못하는 것은 안타깝고 부끄러운 일이다. 그러나 성공을 강하게 열망하는 사람은 강한 사명감에 몸을 바친다. 이런 사람은 자신이 하는 일에 세심하게 마음을 쓰며, 노력과 에너지, 열정이 사명감에서 분출된다. 인생에 대한 사명감에 사로잡히지 않는다면 진정으로 자유로운 것이 아니다.

진정한 행복은 인생의 목표를 위해 자기 자신을 완전 연소하는 데서 비롯된다. 계획이 무엇이든 그것만으로 만족해서는 안 된다. 삶의 목적은 목적이 있는 삶을 살아가는 것이어야 한다.

미래는 폭풍 속의 닻과 같으므로 꼭 붙어서 떨어지지 말아야 한다. 목표 없는 삶은 요절과 다름없다. 자기 삶의 사명을 어떻게 여기느냐에 따라, 이 땅에 사는 동안 무엇을 이루고 무엇을 이루지 못할지가 결정된다.

　마틴 루터 킹 주니어는 이렇게 말했다.

　"목숨을 걸 일을 찾지 못한 사람은 살 자격이 없다."

　20년 동안은 부모님이 어디로 가느냐고 묻고, 수십 년 동안은 배우자가 똑같은 질문을 하고, 마지막에는 조문객들이 똑같은 것을 궁금해하는 것이 보통 사람들의 삶이다.

삶의 장애물이 곧 삶이다

가장 순수한 광석은 가장 뜨거운 용광로에서 분출되며, 가장 밝은 번개는 가장 어두운 폭풍에서 비롯된다. 문제는 발전에 따르는 대가다. 삶의 장애물은 우리에게 쓴맛을 보여주려고 있는 것이 아니다. 우리를 단련시키고 발전시키려고 있는 것이다.

알프레드 수자는 이렇게 말했다.

"나는 오랫동안 삶이, 그러니까 진짜 삶이 곧 시작될 거라고 생각했다. 그러나 앞길에는 항상 장애물이 놓여 있었다. 먼저 해야 할 일, 마무리가 덜 된 일, 더 채워야 할 시간, 갚아야 할 빚 등, 이것들을 모두 처리해야 비로소 진정한 삶이 시작될 것 같았다. 하지만 마침내는 그 장애물들이 바로 내 삶이었음을 깨달았다."

장애물은 그만두라는 목소리가 아니라 강해지라는 목소

리이다. 중요한 일을 하려면 그 앞에 웅크리고 있는 거인과 맞서야 한다. 맞서지 않고서는 변화를 일으킬 수 없다. 오히려 뭐든지 쉽게 풀리기를 바란다면 어려움에 맞닥뜨릴 것이다. 문제를 좋아한다면 성공할 것이다. 가장 크게 성공하는 사람이 가장 큰 문제를 풀어낸 사람이다.

아무런 문제가 없을 꿈을 꾼다면 그건 진정한 꿈이 아니다.

중국 격언에 이런 말이 있다.

"보석은 마찰 없이 가공할 수 없고, 사람은 시련 없이 성장할 수 없다."

크게 되려면 반드시 고난이라는 과정을 거쳐야 한다.

그렇다면 어려움에 맞서 우리는 어떤 자세를 취해야 할까?

오늘의 어려움과 고생은 내일의 성공과 승리를 위해 치러야 할 대가이다. 역경 또한 어떤 사람이 얼마나 위대한지를 판단하는 요소 중의 하나이다. 사람은 위기를 겪을 때마다 반드시 강해진다.

장애물에 맞닥뜨리면 자신에 대해 전혀 몰랐던 사실을 알게 되며, 자신이 진정 믿는 것이 무엇인지도 알게 된다. 문제를 하나씩 겪을 때마다 새로운 자신을 만나게 된다.

어려움에 직면하면 우리는 젖 먹던 힘을 다하게 되고 평범한 수준을 뛰어넘게 된다. 그리하여 장애물을 이점으로 바꾸고 승리를 향한 첫 걸음을 내딛는 것이다. 한 사람에 대해 알 수 있는 궁극적인 잣대는 안락하고 편할 때에 어디에 있느냐가 아니라, 어렵고 소란스러울 때 어디에 있느냐다.

폭풍이 칠 때 배에서 내릴 수 있었다면, 아무도 바다를 헤엄쳐 건너진 않았을 것이다. 승자의 아침식사는 시리얼이 아니라 장애물이어야 한다.

Part 2

신념의
레시피

사람에게는 각자 정해진 소질과 재능, 강점이 있다. 또 우리들 각자는 신에게 받은 고유의 은사(恩賜)가 있다. 자신의 장점이 무엇인지 깨달아야 한다. 만약 장점이 없었다면 그것을 갖추기 위해 늘 갈구해 왔는지 생각해 봐야 한다.

　자신이 가진 모든 자산을 더해보아야 한다. 그러면 늘 흑자일 것이다.

　우리는 이미 충분히 자산을 갖고 있으므로 재능을 발휘할 기회를 찾아야 한다. 자기 자신을 보여줘야 한다. 그리하면 백이면 백 자신의 재능이 드러날 것이다. 자신의 단점을 경솔하게 평가하지 말아야 한다.

최고의 투자는
사람에게 하는 것이다

　오래전 톰슨 선생이라는 초등학교 여교사가 있었다.

　개학 날 담임을 맡은 5학년 반 아이들 앞에 선 그녀는 아이들에게 거짓말을 했다. 아이들을 둘러보고 모두를 똑같이 사랑한다고 말했던 것이다. 그러나 바로 첫 줄에 구부정하니 앉아 있는 작은 남자아이 테디 스토다드가 있는 이상, 그것은 불가능했다.

　톰슨 선생은 그 전부터 테디를 지켜보며, 테디가 다른 아이들과 잘 어울리지 않을 뿐만 아니라 옷도 단정치 못하며 잘 씻지도 않는다는 걸 알게 되었다. 때로는 테디를 보면 기분이 불쾌할 때도 있었다. 끝내는 테디가 낸 시험지에 굵은 빨간 펜으로 큰 X 표시를 하고 위에 커다란 F자를 써넣는 것이 즐겁기까지 한 지경에 이르렀다.

　톰슨 선생이 있던 학교에서는, 담임선생이 아이들의 지

난 생활기록부를 다 보도록 되어 있었다. 그러나 그녀는 테디 것을 마지막으로 미뤄두었다. 그러다 테디의 생활기록부를 보고는 깜짝 놀랄 수밖에 없었다.

테디의 1학년 담임선생님은 이렇게 썼다.

"잘 웃고 밝은 아이임. 일을 깔끔하게 잘 마무리하고 예절이 바름. 함께 있으면 즐거운 아이임."

2학년 담임선생님은 이렇게 썼다.

"반 친구들이 좋아하는 훌륭한 학생임. 어머니가 불치병을 앓고 있음. 가정생활이 어려울 것으로 보임."

3학년 담임선생님은 이렇게 썼다.

"어머니가 돌아가셔서 마음고생을 많이 함. 최선을 다하지만 아버지가 별로 관심이 없음. 어떤 조치가 없으면 곧 가정생활이 학교생활에까지 영향을 미칠 것임."

테디의 4학년 담임선생님은 이렇게 썼다.

"내성적이고 학교에 관심이 없음. 친구가 많지 않고 수업시간에 잠을 자기도 함."

여기까지 읽은 톰슨 선생은 비로소 문제를 깨달았고 한없이 부끄러워졌다.

반 아이들이 화려한 종이와 예쁜 리본으로 포장한 크리스마스 선물을 가져왔는데, 테디의 선물만 식료품 봉투의

두꺼운 갈색 종이로 어설프게 포장되어 있는 것을 보고는 더욱 부끄러워졌다.

톰슨 선생은 애써 다른 선물을 제쳐두고 테디의 선물부터 포장을 뜯었다. 알이 몇 개 빠진 가짜 다이아몬드 팔찌와 사분의 일만 차 있는 향수병이 나오자, 아이들 몇이 웃음을 터뜨렸다. 그러나 그녀가 팔찌를 차면서 정말 예쁘다며 감탄하고, 향수를 손목에 조금 뿌리자 아이들의 웃음이 잦아들었다.

테디 스토다드는 그날 방과 후에 남아서 이렇게 말했다.

"선생님, 오늘 꼭 우리 엄마에게서 나던 향기가 나셨어요."

그녀는 아이들이 돌아간 후 한 시간을 울었다. 바로 그날 그녀는 읽기, 쓰기, 국어, 산수 가르치기를 그만두었다. 그리고 아이들을 진정으로 가르치기 시작했다.

톰슨 선생은 테디를 특별히 대했다. 테디에게 공부를 가르쳐줄 때면, 테디의 눈빛이 살아나는 듯했다. 그녀가 격려하면 할수록 더 빨리 반응했다. 그해 말이 되자, 테디는 반에서 가장 공부를 잘하는 아이가 되었고, 모두를 똑같이 사랑하겠다는 거짓말에도 불구하고 가장 귀여워하는 학생이 되었다.

1년 후에 그녀는 교무실 문 아래에서 테디가 쓴 쪽지를 발견했다. 거기에는 그녀가 자기 평생 최고의 교사였다고 쓰여 있었다. 6년이 흘러 그녀는 테디에게서 또 쪽지를 받았다. 고교를 반 2등으로 졸업했다고 쓰여 있었고, 아직도 그녀가 자기 평생 최고의 선생님인 것은 변함이 없다고 쓰여 있었다.

4년이 더 흘러 또 한 통의 편지가 왔다. 이번에는 대학 졸업 후에 공부를 더하기로 마음먹었다고 쓰여 있었다. 이번에도 그녀가 평생 최고의 선생님이었고 자신이 가장 좋아하는 선생님이라 쓰여 있었다. 하지만 이번에는 이름이 조금 더 길었다. 편지에는 '의사 시어도어 스토다드'라고 사인되어 있었다.

이야기는 여기서 끝나지 않는다. 그해 봄에 또 한 통의 편지가 왔다. 테디는 여자를 만나 결혼하게 되었다고 한다. 아버지는 몇 년 전에 돌아가셨으며, 톰슨 선생님에게 신랑의 어머니가 앉는 자리에 앉아줄 수 있는지를 물었다. 그녀는 기꺼이 좋다고 화답했다. 그런 다음 어찌 되었을까? 그녀는 가짜 다이아몬드가 몇 개 빠진 그 팔찌를 차고, 어머니와 함께 보낸 마지막 크리스마스에 어머니가 뿌렸었다는 그 향수를 뿌렸다.

이들이 서로 포옹하고 난 뒤 이제 어엿한 의사가 된 '테디' 스토다드는 톰슨 선생에게 귓속말로 속삭였다.

"선생님, 절 믿어주셔서 감사합니다. 제가 중요한 사람이라고 생각할 수 있게 해주셔서, 그리고 제가 훌륭한 일을 해낼 수 있다는 걸 알게 해주셔서 정말 감사합니다."

톰슨 선생은 또 눈물을 흘리며 속삭였다.

"테디, 너는 완전히 잘못 알고 있구나. 내가 훌륭한 일을 해낼 수 있다는 걸 알려준 사람이 바로 너란다. 널 만나기 전 까지는 가르치는 법을 전혀 몰랐거든."

평생 동안 내릴 수 있는 결단 중에서 가장 짜릿한 것은, 남에게 투자할 기회를 찾기로 결심하는 것이다. 다른 사람이 위대해질 수 있게 해주는 사람이 진정 위대한 사람인것이다. 더 풍요로운 삶을 살기 위한 비결이 세 가지 있다면, 바로 남을 배려하는 것, 남을 위해 떨치고 일어나는 것, 남과 나누는 것이다.

진정한 위인은 특별한 관점을 갖고 있는데, 위대함은 자기 안에 쌓여 있는 것이 아니라, 자신을 통해 남에게 흘러간다는 관점이다. 받기만 하면 살림은 나아질 수 있지만, 베풀면 삶을 풍요롭게 살 수 있다. 다른 사람이 행복하도록 성공하도록 돕는 것을 삶의 목표로 삼아야 한다.

또한 사람들은 격려하는 대로 되는 경향이 있다.

랄프 왈도 에머슨은 이렇게 말을 했다.

"사람들을 믿어야 한다. 그러면 그들도 그대에게 진실하리라. 사람들을 위대한 사람으로 대하면 그들은 실제로 위대해지리라."

보잘것없는 자리에서도 충성을 다해 섬기는 사람에게는 더 큰 책임이 맡겨진다. 성경에서 주인이 맡긴 돈을 두 배로 불린 하인이 열 개의 도시를 다스리게 되었다는 이야기와과 마찬가지이다.

세상 사람은 두 가지 부류로 나뉜다. 방에 들어서서 "저 왔습니다!" 하는 사람과 "아, 여기 계셨군요!" 하는 사람이다. 좋은 사람을 어떻게 알아볼 수 있을까? 좋은 사람은 다른 사람의 좋은 점을 이끌어낸다. 그리고 다른 사람이 행복을 찾도록 도와주는 데서 자신의 행복을 찾는다.

좋은 일에는 이자가 붙는다. 다른 사람의 길을 밝혀주는 등을 들고 있으면 내 길도 밝아진다. 다른 사람의 위대함을 이끌어내야 한다. 사람을 끌어내리지 말고 끌어올려야 한다.

다른 사람을 돕고 누군가가 성공하도록 돕는 것만큼 고

귀한 일은 없다.

삶이란, 자신이 그 그늘에 앉지 못할 것임을 알고도 나무를 심는 것이다.

자신이 못 이길 것이라면 자기 앞의 사람이 신기록을 세울 수 있도록 도와야 한다. 남에게 투자해야 한다. 이는 배당금이 아주 높은 투자이다.

사람들이 이미 이상을 실현한 것처럼 대해야 한다. 그리고 그들이 이상을 실현할 수 있도록 도와야 한다. 무엇이든지 칭찬하면 그만큼 성장한다. 평생 가장 많이 남는 투자는 바로 다른 사람의 발전에 투자하는 것이다.

매일이
그해 최고의 날이다

순간을 즐겨야 한다! 기회는 끊임없이 당신 쪽으로 가거나 당신을 찾아온다. 오늘은 한때 당신이 그렇게 큰 기대를 걸었던 미래였다. 이상(理想)은 결코 찾아오지 않는다. 노력하는 자에게 오늘이 바로 이상적인 날이다. 오늘을 위해 살아야 한다. 미래가 재미있어 보이고 과거가 우울하다고 해서 오늘 손 안에 있는 것을 놓쳐서는 안 된다.

지금 이 순간 최선을 다하면 다음 순간을 맞기에 가장 유리한 위치를 차지할 수 있다. 지금이 아니라면 언제 살 수 있겠는가? 내일 피는 꽃은 모두 오늘의 씨앗에 들어 있다. 그러니 바로 오늘을 살려고 노력해야 한다. 우리는 오늘이라는 꼭 필요한 곳에 있으면서도 그걸 모르고 살아간다. 계획에 시간을 들이는 것도 좋지만, 행동할 순간이 오면 생각을 멈추고 뛰어들어야 한다!

지금과 똑같은 순간은 다시는 오지 않는다. 결심했을 때 바로 실행하지 않는다면, 앞으로도 그 결심이 이루어질 가능성은 없다. 분주한 세상살이의 와중에 흩어지고, 소실되고, 사라지거나 나태의 구렁텅이에 빠져 버릴 것이다.

삶이 우리에게 거듭 가르쳐주는 교훈은 발밑을 보라는 것이다. 당신은 항상 생각보다 가까이 와 있다. 큰 기회는 지금 당신이 있는 그곳에 있다. 지금 당신이 있는 자리와 때를 즐겨야 한다.

삶에서 가장 중요한 것은 우리가 지금 하고 있는 일이다.

사람들이 말하는 '평생의 후회'는 기회가 있을 때 움직이지 않는 데서 비롯된다. 큰 기회는 모두에게 찾아오지만 기회가 왔다는 걸 모르는 사람이 많다. 기회를 활용하기 위해 할 수 있는 유일한 준비는 매일이 무엇을 가져다주는지를 살피는 것이다.

노아는 배가 오기를 기다리지 않고 직접 만들었다. 대부분의 사람들은 주저앉아 있기만 하고 일어설 때를 모른다. 그리고 미래가 매일 조금씩 다가오고 있다는 걸 모른 채 미래를 꿈꾸며 시간을 낭비한다. 매일 매일이 당신에게 선물을 갖고 온다. 그러니 선물 꾸러미의 리본을 풀어야 한다.

오늘을 살아야 한다. 또한 우리에게 있는 것은 지금뿐이다. 지금까지 있었던 일, 그리고 앞으로 있을 일은 생각에 지나지 않는다. 오늘을 잘살면 내일의 기회와 장애물에 대비할 수 있다.

오늘의 진정한 가치를 알아야 한다. 하루하루를 충실히 살아야 한다. 그리고 실천해야 한다. 당신이 동경하고 꿈꾸는 미래는 오늘 시작된다. 매일이 그해 최고의 날임을 가슴에 새겨야 한다.

비교는 좌절로 가는
가장 확실한 길이다

　사람은 누구나 믿음과 죽음 이 두 가지만큼은 혼자서 해야 한다.

　자신을 다른 사람과 비교하면 씁쓸해지거나 우쭐해진다. 자신보다 더 잘났거나 못난 사람은 늘 있기 때문이다.

　비교는 좌절로 가는 가장 확실한 길이다. 다른 사람의 밭에 있는 돌 개수를 세면서 자기 밭을 개간할 수는 없다는 말이 있다.

　다시 말하지만, 자신의 삶을 다른 사람의 삶과 비교하는 것은 시간과 에너지 낭비다. 삶은 남들과 점수를 겨루지 않을 때 더 흥미진진하다. 성공은 다른 사람이 무슨 일을 하는지 걱정하는 것이 아니라, 그저 자기 일을 최고로 잘해낼 수 있느냐의 문제다.

　자신이 삶에서 진정으로 원하는 것을 따라 움직이는가,

아니면 사람들을 따라 움직이는가? 다른 사람이 당신에게 바라는 것이 무엇인지가 아니라, 당신 자신이 진정으로 바라는 것이 무엇인지를 알아야 한다.

"나는 잘하긴 하지만, 아직 내 능력을 다 발휘하진 못했어." 하고 말하는가, 아니면 다른 사람과 비교를 하면서 "나보다 못한 사람도 많아." 하고 말하는가?

다른 사람의 약점에 대해 오래 생각할수록 자기 마음에도 불행이 깃든다. 자신만의 방식과 계획을 만들어야 한다. 다른 사람의 것은 당신에게 제약이 된다. 다른 사람의 삶에서 일어나는 일이 좋든 나쁘든, 당신이 자신의 삶을 어떻게 살고 있느냐와는 아무런 관계가 없다.

잘 다져진 길이라 해서 꼭 옳은 길이 아니다. 삶에서 가장 위험한 것은 다른 사람이 내 안전과 만족을 책임져 주기를 기다리고 기대하는 것이다. 다른 사람의 웃옷으로 자기 사이즈를 재지 말아야 한다. 그리고 다른 사람의 눈으로 자신을 평가하지도 말아야 한다.

성공과 실패는 우리에게 이미 내재해 있으며 외부 상황에 달려 있는 것이 아니다. 다른 사람이 성공한다고 해서 당신이 성공할 기회가 줄어드는 것도 아니다.

벽이 아닌
다리가 되어야 한다

　다른 사람을 섬기는 것은 인생에 있어서 최고의 특권이
다. 이 세상에서 진정 행복할 수 있는 사람은 다른 사람을
어떻게 섬길지를 구하고 찾아낸 사람들이다. 또한 삶에서
가장 만족스러운 것은 자신의 일부를 떼어 남에게 주는 것
이다.

　다른 사람을 돕는 만큼 꼭 그만큼 행복해질 것이다.

　사람들에게서 장점을 찾아야 한다. 그들도 당신에게서
장점을 찾으려고 애쓴다는 걸 기억해야 한다. 그런 다음
그들에게 도움이 되는 일을 해야 한다. 앞서 나가고 싶다
면 벽이 아닌 다리가 되어야 한다. 과분한 사랑을 베풀어
야 한다. 자기가 해야 할 일이라는 것을 깨닫기 전에는 황
금률(자기가 대접받고자 하는 대로 남을 대접하라)도 아무런 쓸모
가 없다. 한 사람 한 사람이 우리에게 섬길 기회를 줄 것이

다. 다른 사람의 도움이 필요하지 않은 사람은 없다.

우리는 다른 사람이 황금률을 실천해 주기를 기대하면서 살아간다. 황금률은 오래되긴 했지만 많이 사용되지 않아 아직 낡지 않았다. 다른 사람들을 이류로 취급하면 엄청난 실수를 저지르는 셈이다. 자신을 돕고 다른 사람도 도와야 한다. 친절은 주는 만큼 되돌아오기 때문에 아무리 줘도 다 줄 수가 없다. 친절의 씨앗을 뿌리면 끝없는 수확을 즐기게 될 것이다.

다른 사람에게 주는 일에 있어서는 자기 자신에게 아무리 기대를 걸어도 지나치지 않다. 대나무는 높이 자랄수록 낮은 곳까지 휠 수 있다. 그리고 진정한 리더십은 섬김에서 시작된다.

이 땅에서 가장 훌륭한 말 중의 하나가 있다. 즉 우리 중에서 가장 큰 사람이 우리를 섬기는 사람이 되어야 한다. 사람을 섬기지 않는다면 죽고 나서 100년이 흐른 뒤, 진정 위대하다는 평가를 받을 가능성은 없다.

헨리 버튼의 시 중에 이런 것이 있다.

친절을 베풂 받았다면

전하라

그대만을 위한 것이 아닐 것이니

전하라

몇 년이고 이어져

다른 이의 눈물을 닦게 하라

하늘에 그 공적이 새겨질 때까지

전하라

    사람들과 더 좋은 관계로 지내고 싶다면 꼭 필요한 만큼보다 좀 더 친절해져야 한다. 자신의 곤경을 잊는 가장 좋은 방법은 다른 사람이 곤경을 벗어나도록 돕는 것이다. 나누면 자신의 삶이 줄어드는 것이 아니라 커진다는 걸 알아야 한다.

보이는 곳보다
더 멀리 가야 한다

　너무 적게 기대하고 적게 구하며 적게 받고 적은 것에 만족하는 사람이 너무 많다. 꿈이 있다는 것은 증거와 관계없이 뭔가를 믿으려 드는 것은 아니다. 꿈을 꾼다는 것은 결과와 관계없이 과감히 뭔가 하는 것이다. 성공이 불가능하다고 지레 생각하지만 않는다면 우리 하나하나가 훨씬 많은 것을 해낼 수 있다.

　집을 나서기도 전에 신호등이 모두 파란불이 되기를 기다리지는 말아야 한다.

　상황이 무르익지 않았다는 말은 하지 말아야 한다. 그러면 행동에 제약이 생길 수밖에 없다. 상황이 꼭 맞아떨어지기를 기다린다면 결코 아무 일도 할 수가 없다.

　과감히 하는 사람은 무슨 일이든지 해내며, 과감히 하지 않는 사람은 해내지 못한다. 비전이 없어도 되는 일이라면 아예 시작하지도 말아야 한다. 신은 우리가 앞을 너무 멀리 내다보지 못하도록 세상을 둥글게 만드셨다. 다시 말하지만, 도전하지 않는 자는 아무것도 바라지 않아도 된다.

신념이 마음보다 앞서 가게 해야 한다. 사소한 문제에 작은 모험을 하면서 크게 성공한 사람은 여태껏 없었다.

호랑이 나라에서 토끼 사냥을 하고 있다면 호랑이가 나타나지 않는지 눈을 부릅뜨고 보아야 하지만, 호랑이 사냥을 하면 토끼는 무시할 수 있다.

토끼에 정신을 팔지 말고 '큰 판'을 노려야 한다.

발휘하는 것이라고는 경계심밖에 없다면 정체해 있는 것이다. 두려움이 머릿속을 쾅쾅 울리며 돌아가라 하더라도 때로는 무시하고 밀고 나아가야만 한다.

운명이 우리에게 말한다.
"벼랑 끝으로 오라."
우리는 말한다.
"너무 높습니다."
"벼랑 끝으로 오라."
우리는 말한다.

"떨어질 것 같아요."

"벼랑 끝으로 오라."

운명이 말한다.

그리하여 우리는 발을 내딛는다.

그러자 운명이 우리를 사뿐히 들어올리고

우리는 날아오른다.

－아폴리네르의 시(Guillaume Apollinaire)－

　미래는 창의적인 생각을 해낼 수 있고, 아무도 보지 않는 곳을 볼 수 있으며, 뻔한 일이 되어버리기 전에 행동에 옮길 수 있는 사람의 것이다.

사다리의 존재는
딛고 올라가라는 것이다

성공은 용기를 내어 작은 걸음을 떼는 데서 비롯된다. 작은 걸음에 충실하다 보면, 뒤돌아보고 '아직 가려는 곳까지 도달하지는 못했지만, 전에 있던 곳에 머물러 있지는 않구나.' 라는 사실을 알게 될 것이다.

작은 물방울, 작은 모래알들이 큰 바다를 이루고 아름다운 대지를 이루는 법이다.

데일 카네기(Dale Carnegie)는 이렇게 말했다.

"보기에는 작은 일 같아도 망설이지 말고 최선을 다해야 한다. 작은 일을 하나씩 정복할 때마다 우리는 그만큼 강해진다. 작은 일을 잘하면 큰일은 저절로 할 수 있게 된다."

사다리는 딛고 올라가라고 있는 것이지 기대어 쉬라고 있는 것이 아니다.

나를 위해 작은 일을 할 준비가 되어 있는가? 작은 걸음은 사실 큰 개념이다. 아무리 천천히 걷든 아무리 조금씩 걷든 앞으로 나아가고 있다면 낙담하지 말아야 한다. 성공하는 사람은 지금 자신이 서 있는 곳에서, 지금 자신이 갖고 있는 것으로 지금 할 수 있는 일을 실천하는 사람이다.

조금밖에 하지 못할 것 같다고 하여 아무것도 하지 않는 것만큼 큰 잘못도 없다.

작은 일을 해내는 것은 큰일을 계획하는 것보다 낫다. 삶에서 큰 것만큼이나 작은 일에도 신경을 써야 한다. 작은 것에 충실하면 큰일은 알아서 되기 때문이다.

한 가지 임무를 잘해낸 데 따르는 보상은 다른 일을 할 기회가 주어지는 것이다. 삶에서는 작은 일이 결정적인 운명의 시발점이 되는 경우가 많다.

시도하지 않으면 해낼 수도 없다는 것, 그 한 가지는 분명하다. 첫 걸음이 아무리 힘들어도 일단 내디뎌야 한다. 챔피언은 1인치씩 만들어지지 하루아침에 만들어지지 않는다. 지금 작은 첫 걸음을 떼어야 한다. 작은 것들을 무시하지 말아야 한다. 연은 꼬리 덕분에 날 수가 있는 것이다. 중요한 건 큰 것이 아니다.

더 높은 곳으로 올라가고 싶은가. 기억해야 한다. 제아무리 큰 개도 한때는 강아지였다는 것을⋯⋯.

　대부분의 사람들은 위대하고 고결한 일을 하고 싶어 한다. 하지만 우리는 작은 일도 마치 위대하고 고결한 일처럼 해야 한다.

기회는
장애물 뒤에 숨어 있다

　미국 표준 철도 궤간(레일 사이의 간격)은 143.5cm이다. 이것은 참 이상한 숫자가 아닐 수 없다. 왜 하필 그런 간격을 쓸까? 왜냐하면 영국에서 철도를 그렇게 건설했고, 영국에서 이주해 온 사람들이 미국 철도를 건설했기 때문이다. 그렇다면 영국인은 왜 그렇게 건설했을까? 왜냐하면 최초의 철로를 놓은 사람들은, 그전에 철도의 전신인 광산의 광차 궤도를 놓은 사람들이었고, 그들이 그 간격을 썼기 때문이었다.

　그럼 그 사람들은 왜 그 간격을 썼을까? 광차 궤도를 만든 사람들이 마차를 만드는 데 쓰던 자와 도구를 썼기 때문인데, 그 마차의 바퀴 간격이 143.5cm였다. 자! 그렇다면 도대체 왜 마차 바퀴 간격을 그렇게 만들었을까? 영국의 오래된 장거리 도로 몇 군데에는 바퀴 홈이 패여 있었는데, 그 바퀴 홈의 간격이 바로 143.5cm이었고 간격을 조금이라도 달리 하면 마차 바퀴가 부서지기 때문이었다.

그럼 바퀴 홈이 있는 그 도로는 누가 건설했을까? 유럽 최초(그리고 영국 최초)의 장거리 도로는 로마인들이 군대를 위해 건설한 것이었다. 그 도로가 지금까지 사용되고 있는 것이다. 그러면 홈은? 로마군의 전차가 처음으로 그 홈을 만들었는데, 모두들 마차와 바퀴가 손상될까 봐 그 홈에 맞춰야만 했다. 로마 제국 때 만들어진 전차는 바퀴 간격이 모두 같았다.

그렇다면 처음의 질문에 대한 답이 나왔다. 미국의 표준 철도 궤간인 143.5cm는 로마 제국 전차의 규격에서 비롯된 것이다. 그렇다면 로마인은 왜 그 간격을 썼을까? 전차 폭이 전투마 두 마리의 엉덩이 폭에 맞춰 만들어졌기 때문이다.

자, 재미있는 것은 이제부터다.

철도 궤간과 말 엉덩이 이야기에는 재미있는 후속편이 있다. 발사대에 설치된 우주왕복선을 보면, 주연료 탱크 양쪽으로 대형 추진체 두 개가 붙어 있다. 이것을 고체 로켓 추진체, 또는 줄여서 SRB라고 한다.

티오콜 사는 유타 주에 있는 공장에서 SRB를 만든다.

SRB를 설계한 기술자들은 본체를 더 굵게 만들고 싶었지만, SRB를 공장에서 발사 지점까지 화물차로 운송해야만 했다. 공장으로부터 뻗은 철도는 산을 관통하는 터널을 지나간다. SRB는 그 터널에 들어가는 크기여야 했다. 터널의 폭은 철도 선로보다 약간 더 넓고, 철도 선로의 폭은 말 두 마리의 엉덩이 폭이다.

세계에서 가장 진보되었다 할 교통 시스템의 중요한 설계적 특징이, 말 엉덩이 폭에 의해 결정되었다는 이야기이다.

장애물은 삶의 일부이며 훌륭한 기회로 이어지는 경우가 많다. 장애물이라고 다 나쁜 것은 아니다. 오히려 기회는 장애물로 변장하기를 가장 좋아한다. 답을 향해 가다 보면 분명 장애물과 만나게 될 것이다. 그에 맞서 싸우는 것은 좋은 일이다. 당신이 아직 포기하지 않았으며 아직 살아 있다는 증거이기 때문이다.

문제가 전혀 없는 사람은 없다. 사자조차도 파리를 쫓아야 한다.

부지런하다고 해서 세상의 문제를 피해 갈 수 있는 것은 아니다. 그 와중에 승리를 거두며 건설적으로 살아갈 수 있게 될 뿐이다. 나약한 자의 앞길에서는 장애물이었던 화

강암 덩어리도 강한 자의 앞길에서는 디딤돌이 된다.

하지만 좋은 소식이 있다. 모든 시련의 한복판에서 성장과 출세가 당신을 기다리고 있다는 것이다. 모든 난관은 죽을 기회가 아니라 성장할 기회를 준다.

장애물은 잠시 당신을 지체시킬 수는 있으나, 당신을 멈춰 서게 하는 것은 자기 자신뿐이다. 길고 긴 투쟁도 언젠가는 끝이 난다. 지금의 순간적인 상황이 영원하리라 생각하는 것은 잘못이다.

장애물을 통해 자신이 진정 믿는 것이 무엇이며, 자신이 진짜로 어떤 사람인지를 알 수 있다. 장애물은 당신을 자기 자신에게 소개시켜 준다. 문제에 맞닥뜨려 보아야 비로소 자신이 진정으로 믿는 것이 무엇인지 알게 될 것이다.

장애물이 삶의 일부임을 받아들이면 훨씬 건설적인 삶을 살 수 있다. 햇볕을 쬐고 싶다면 물집 몇 개 정도는 감수해야 한다. 의연히 문제에 맞서야 한다. 그러면 언젠가는 문제를 자유자재로 다룰 수 있다.

비행기가 이륙할 때 아무리 구름이 많다 해도 그 구름 위에서는 항상 태양이 빛나고 있다. 중요한 것은 앞을 내다보는 것이 아니라 위를 올려다보는 것이다.

최고가 되기 위해서는
자기 자신이 되어야 한다

죽어서 천국의 문 앞에서 성자를 만난 한 남자의 이야기
이다.

남자는 성자가 현명하고 박식하다는 걸 알고 물었다.

"저는 전쟁의 역사에 특히 관심을 갖고 있었습니다. 역
사상 최고의 장군이 누구인지 말씀해 주십시오."

성자는 바로 대답했다.

"오, 어렵지 않은 질문이로군요."

그러고는 한 사람을 가리키며 말했다.

"바로 저 사람입니다."

남자는 의아하다는 듯 말했다.

"뭔가 잘못 아신 것 아닌가요. 세상에 있을 때 저 사람을
알았지만, 그냥 평범한 노동자였단 말입니다."

"그 말이 맞아요. 친구!"

성자가 대답했다.

"그러나 장군이 되었더라면 역사상 가장 위대한 장군이 되었을 사람이지요."

우리는 타고난 능력과 함께, 삶의 어떤 지향점을 향해 우리를 이끌어 가도록 하는 내면의 나침반을 갖고 창조되었다. 창조는 시작일 뿐 그 나머지는 우리 자신의 몫이다. 잠재력이 소명을 다할 수 있도록 펼치는 것이 우리의 임무인 것이다.

미켈란젤로는 말했다.

"나는 손에 끌을 쥐고 있어야만 마음이 편안하다."

지금 자신이 해야 할 일이 무엇인지를 찾아내서 당장 시작해야 한다.

사람에게는 각자 정해진 소질과 재능, 강점이 있다. 또 우리들 각자는 신에게 받은 고유의 은사(恩賜)가 있다. 자신의 장점이 무엇인지 깨달아야 한다. 만약 장점이 없었다면 그것을 갖추기 위해 늘 갈구해 왔는지 생각해 봐야 한다.

자신이 가진 모든 자산을 더해보아야 한다. 그러면 늘 흑자일 것이다.

우리는 이미 충분히 자산을 갖고 있으므로 재능을 발휘

할 기회를 찾아야 한다. 자기 자신을 보여줘야 한다. 그리하면 백이면 백 자신의 재능이 드러날 것이다. 자신의 단점을 경솔하게 평가하지 말아야 한다. 그러나 사람들은 갖지 못한 것을 과대평가하고, 자신의 진정한 모습을 과소평가하는 경우가 너무 많다. 당신은 생각보다 훨씬 더 부자이다.

사람이 쓸모없게 되는 이유는 또 있다. 자신의 천직이나 소명은 소홀히 하면서, 이곳저곳을 기웃거리며 관심을 분산시키고 옮겨 다니기 때문이다. 그러나 자기 안에 있는 최고의 재능을 활용하면 언제나 최고의 모습을 보일 수 있다.

깊고 넓게 잘 일군 하나의 재능은 얕은 백 가지의 재간보다 더 가치 있는 법이다.

대부분의 사람들이 자신의 재능과 능력을 갈고 닦으려 하지 않고 욕구에만 집중한다. 만약 당신의 마음속 깊은 곳에서 음악가를 말한다면 음악을 해야 한다. 교사를 말한다면 사람을 가르쳐야 한다. 자기답게 살아야 자기 자신과 잘 지낼 수 있기 때문이다. 어떤 일을 할 것인지를 잘 알수록, 다른 사람들을 위해 많은 일을 할수록, 풍요로운 삶을 누릴 수 있다. 자신에게 가장 자연스럽다고 느껴지는 일을 해야 한다.

　자기답게 살아야 한다. 세상의 고뇌 중에서 90퍼센트는 사람들이 자신의 약점, 심지어 자신의 진정한 가치를 모르기 때문에 생겨난다.

최악의 파산은
열정을 잃는 것이다

　누구나 열정을 품을 수 있는 잠재력을 지니고 있다. 누구나 무언가 사랑하는 것이 있다. 우리가 사랑하는 것이 우리의 모습을 정하고 우리를 움직이게 한다. 그것은 또한 우리 안의 열정을 드러내준다. 열정은 결과가 아니라 선택이다.

　자신이 열정을 느끼는 일을 무시하면, 자신의 가장 큰 잠재력을 무시하는 셈이다. 정열 없이는 뜻있는 일을 해낼 수 없다.

　한때 실패했더라도 열정을 가지면 성공할 수 있다. 믿음에 열정을 더하면 확신이 된다. 믿음만으로는 꿈도 꿀 수 없는 일을 확신으로는 할 수가 있다.

　모든 성공의 시작은 욕망이다. 약한 불꽃이 약한 열을 내는 것과 마찬가지로, 가냘픈 욕망은 가냘픈 결과를 낳음을 명심해야 한다. 삶에 열정을 품고, 열정에 의해 행동해야 한다. 한 가지 과제에 에너지를 쏟으면 쏟을수록 다음 과제에 쏟을 에너지도 많아진다.

욕망을 품으면, 마치 씨앗을 심은 것처럼 무언가가 싹터 자라기 시작한다. 깊은 욕망이 있으면 기회뿐 아니라 재능까지 저절로 생겨난다. 마음가짐에 따라 능력이 변한다. 끝내 통하는 것은 열정이다.

대상이 무엇이든 강한 열정을 품으면 성공은 보장된다. 목적을 향한 욕망이 있으면 수단은 애쓰지 않아도 눈에 보이기 때문이다.

많은 배운 사람들이 가진 문제는, 배움이 마음이 아닌 머리로만 간다는 것이다. 내가 가고 있는 길이 내 마음을 사로잡는가? 신은 마음을 쏟아 부을 수 있는 뭔가를 하도록 우리를 이 세상에 보내셨다.

세상은 우리가 품은 열정으로써만 우리를 기억할 것이다. 자신을 불태우는 일을 찾아야 한다. 믿음이란, 사람이 하는 생각이 아니라 사람을 사로잡는 생각이다. 열정을 부담스러워하지 말자.

열의와 열정 이야기가 나올 때마다 누군가는 균형 이야

기를 꺼낸다. 균형 자체는 대단한 미덕이지만, 그 이웃이 바로 무심함과 우유부단함이다. 사실 '균형 잡혔다'라고 하는 것은, 실패자에게 늘 따라붙는 세 가지 특성인 미지근함, 무관심함, 애매함에 대한 변명일 때가 많다.

이성이 몇 세기가 걸려 해낼 일을 열정은 단 하루 만에 해낼 수 있다.

마음가짐을 바꾸면 삶을 바꿀 수 있음을 깨달은 것이 이 세기 최고의 발견이라 해도 좋을 것이다.

비관해서는 결코 성공할 수 없다. 무엇이 자기 마음에 열정과 열의를 불 지피는지를 보면 자신의 운명을 알 수 있다. 자신이 무엇을 사랑하느냐가 자기 안에 무엇이 들어있느냐에 대한 실마리다. 삶은 열정이어야 하며, 그렇지 않으면 아무것도 아니다.

열정이 없다면 인간은 잠재력이나 가능성에 지나지 않는다. 마치 불꽃을 튀기려고 쇳조각이 부딪기를 기다리는 부싯돌과도 같이.

열정은 우리의 도화선에 불을 붙이는 불꽃이다. 난관이나 기회가 크면 클수록 더 큰 열정이 필요하다.

알맞은 욕망을 지녔다면 거리는 문제되지 않는다. 지금 하는 일을 사랑해야 한다. 그러면 점점 더 나은 일, 더 큰

일을 할 수 있게 될 것이다.

무엇을 하든 미소를 띠어야 한다. 그러면 자신의 액면가가 올라간다. 열정이 강해지면 삶에서 느끼는 스트레스와 두려움은 약해진다.

열정의 힘은 대단하다. 열정에 찬 확신을 바탕으로 움직인다면, 인생만사를 마음대로 할 수 있다.

목표가 있는 사람만이
승리한다

엘리 휘트니(Eli Whitney)가 조면기(繰綿幾: 면화씨를 분리하는 기계)를 개발해 사람들 앞에 공개했을 때 사람들은 비웃었다. 에디슨은 업무용 건물에 공짜로 전구를 설치해줘야 했다. 그러기 전에는 아무도 거들떠보려고도 하지 않았기 때문이다.

최초의 재봉틀은 성난 보스턴 군중들의 손에 산산조각이 났다. 사람들은 철도라는 아이디어에도 코웃음을 쳤다. 사람들은 자동차로 시속 50킬로미터로 달리면 혈액순환이 멈출 거라고 생각했다. 새뮤얼 모스는 의회에 열 번이나 청원을 한 후에야 의원들에게 전신기를 선보일 수 있었다.

그러나 이 사람들에게는 하늘도 감탄했다.

멀찌감치 서서 사사건건 당신의 도전을 비판하는 사람들

을 경계해야 한다. "그건 불가능해!"라고 말하는 사람들이 세상을 지배한다면 세상은 굴러가지도 않게 된다.

우리가 이루어내는 것은 시도하는 것에 비례한다. 그런데도 많이 믿는 것보다는 아무것도 믿지 않는 편을 택하는 사람들이 더 많다. 그리고 해답은 결코 멀리 떨어져 있지도 않다.

우리 모두에게는 성공할 수 있는 잠재력과 기회가 주어져 있다. 비생산적인 삶은 바람직한 삶 못지않게 힘이 들고, 옳은 일을 하는 것보다는 하지 않는 데 따르는 대가가 더 비싸다. 그럼에도 불구하고, 스스로 만든 감옥에 갇혀 목적 없이 살아가는 사람들이 너무나 많다. 그저 어디에 인생을 투자할지 정하지 못했다는 이유만으로.

사람들은 인생관리(의사결정)를 잘못해 놓고 그것을 운명이라고 착각한다. 잠언에서도 꿈이 없는 백성은 망한다고 했다. 우리가 불행한 것은 재산이 없어서가 아니라 꿈이 없어서다.

운명에 대한 인식이 어떤지를 보면 그 사람의 미래를 내다볼 수 있다. 삶에서 가장 무거운 짐은 질 것이 전혀 없다는 것이다. 어떤 사람의 영향력은 어떤 사명감을 갖고 살아가느냐와, 그를 위해 어떤 대가를 치르고자 하느냐로 결정된다. 인생을 어떻게 살 것인가는 어디에 마음을 두느냐에 달려 있다.

또한 절대로 꿈과 희망을 가볍게 여겨서는 안 된다. 꿈과 희망은 우리 안에서 잉태한 아이와 같으므로 사랑하고 아껴야 한다. 무언가를 위해 죽는 것이 아무 목적 없이 사는 것보다 낫다. 이런 원칙을 갖고 있지 않은 사람은 결코 관심을 끌지 못한다.

목적지가 없는 배에 순풍은 있을 수 없다. 목표가 없는 사람은 키 없는 배와 같다. 승리하는 사람은 동기를 갖고 있는 사람이 아니라 목표가 있는 사람이다. 그리고 사람의 운명이 그 사람의 목숨을 구한다.

최고를 바라지 않고 그저 최악을 피하려는 사람들이 많다. 기회가 문을 두드리는 소리를 들은 사람들도 많다. 그러나 쇠사슬을 풀고 빗장을 풀고 잠금장치를 열고 도난 경보기를 끄고 나면 기회는 이미 온데간데없이 사라졌을 것이다!

사람들은 보통 의견은 무수히 많으면서 확신은 별로 없다. 아무 곳에도 가지 않는 사람은 제자리에 남을 수밖에 없다.

Part 3

변화와 수용의
레시피

삶에서 가장 의미 있는 것 중의 하나는 다른 사람을 위해 돕는 것이다.

누군가의 등을 두드려주며 칭찬하면, 그 사람은 한동안 그것을 떠올리며 즐거워 할 것이다. 다른 사람을 격려하는 것은 자기 자신을 격려하는 가장 좋은 방법이다.

다른 사람의 삶에 햇빛을 비춰주면 자신의 삶에도 빛이 들어온다.

그 어디에도 기회는 있다

가끔씩 내가 사는 도시 이곳저곳을 차로 지나갈 때면, 참 다양한 상점들이 눈에 들어온다. 때로는 잠시 "저것은 누군가의 꿈, 저것은 누군가의 톡톡 튀는 아이디어, 저것은 누군가의 백만 불짜리 기회." 하고 생각하게 된다.

나는 우리 주변에는 매일매일 중요한 기회와 아이디어가 존재한다고 생각한다.

최고의 기회와 아이디어는 우리 근처에 숨겨져 있지만, 그것을 찾으려면 늘 눈을 부릅뜨고 있어야 한다. 매일 주변에서 수천 가지 기회가 보일 수도 있고, 아무것도 안 보일 수도 있다. 바로 지금 내가 있는 곳에 큰 기회가 있는지도 모른다.

기회를 알아보지 못하고 오직 문제 해결에만 치중하며 평생을 보내는 사람들이 너무 많다. 의미 있는 성장은 늘 문제를 해결하는 데서가 아니라 재능과 자질, 능력을 쌓는 데서 온다. 기회는 어느 문을 두드리고 있는가? 어떻게 하면 그 문을 열 수 있는가? 늘 그랬듯, 기회는 도처에 널려 있다.

골치 아픈 일보다 잘 풀리고 있는 일에 더 관심을 기울이면, 코앞의 기회를 발견할 수 있다. 절대 생산적일 수 없는 일에 노력과 시간과 관심을 쏟아 붓는 사람들이 너무 많다. 마음대로 할 수 없는 일에는 마음을 비우고 마음대로 할 수 있는 일에 집중하여 행해야 한다.

우리는 압도적인 기회에 둘러싸여 있다.

성공하는 사람은 늘 기대하는 마음으로 여러 가지 계획을 한다.

그중 단 하나로도 그의 인생을 하룻밤 새 바꾸어 놓을 수 있다.

기회, 그것은 사방에 널려 있다. 기회는 관찰력 있는 사람이 발견해 주기만을 기다리며 도처에 잠들어 있다.

위험이 있는 곳에 기회가 숨어 있으며, 기회가 있는 곳에 위험이 숨어 있다. 이 둘은 떼려야 뗄 수 없으며 꼭 같이 다닌다. 한 예로 별들은 끊임없이 반짝이고 있지만, 가장 어두운 밤에는 우리 눈에 보이지 않는다. 기회도 마찬가지다. 문제가 곧 기회이며, 우리가 미처 셀 수 없을 만큼 많은 것 또한 기회이다.

　인생 최대의 비극은 기회를 놓치고도 알지 못하는 것이다. 우리는 지금 이 순간, 자기만의 '다이아몬드의 땅' 한복판에 서 있다. 우리에게는 늘 미처 다 실현하지 못할 만큼의 가능성이 있다. 매일 우리 주위에는 백만 불짜리 기회들이 있다.

단 하나의 집중과
목표를 가져야 한다

　기회는 주위에 널려 있다. 중요한 것은 어디에 집중하느냐이다. 매일 스스로에게 "어디에 집중해야 하는가?"라는 질문을 던져야 한다. 당신이 주의를 집중하는 곳에는 힘과 추진력이 생겨난다.

　추진력의 특징은 다음과 같다.

1. 외곬이다.
2. 흔들림 없이 목표를 추구한다.
3. 끝 모를 열정을 지녔다.
4. 농도 짙은 열의와 확실한 목적의식을 필요로 한다.
5. 무한한 비전을 갖고 있어 뛰어남을 위해 몸을 바친다.

　집중은 성공의 문을 여는 열쇠다.

성공의 첫 번째 법칙은 집중이다. 즉 모든 에너지를 한 점에 모은 다음, 곁눈질하지 않고 그 점을 향해 똑바로 가는 것이다.

사람들은 대부분, 꿈과 실제로 거두는 결과에 큰 거리가 있다. 이는 가진 능력을 최대한 모아 한 점에 집중시키려는 노력에 차이가 있기 때문이다. 실패하는 데는 두 가지 빠른 방법이 있다. 누구의 조언도 듣지 않는 것, 그리고 모두의 조언을 듣는 것이다. 최고의 것을 받아들이기 위해 좋은 것을 거부할 줄 알아야 한다. 성공하려면 첫째, 없앨 것이 무엇인지, 둘째, 간직할 것이 무엇인지, 셋째, 거부할 때가 언제인지 알아야 한다. 거부하는 힘을 길러야 받아들이는 능력도 생기기 때문이다.

욕망을 무시하는 게 아니라 원하는 방향으로 유도해야 성공할 수 있다. 정해진 목표가 있으면 엄청난 힘으로 삶을 이끌어갈 수 있다. 이유를 갖고 살기 시작하면, 말, 목소리의 음색, 입는 옷, 동작 하나하나가 변화하고 나아진다.

미래에 확신이 없고 현재에 애매한 사람이 되지 말아야 한다. 제자리를 지키되 한 곳에 안주하지는 말아야 한다. 어느 한 가지를 전문으로 삼아야 한다. 찾을 것이 무엇인지 정하지 않으면 찾을 수가 없지 않는가. 결승선에 다다르려면 트랙에서 벗어나서는 안 된다.

사람들이 대부분 목표 없이 살아간다는 게 놀랍기만 하다. 그런 사람들은 삶의 초점이 없기 때문에, 다른 사람이 자기 삶의 방향을 결정하도록 내버려 둔다. 그렇게 살지 말아야 한다.

그 대신 자기 자신을 정의하는 법을, 분명한 것과 명확한 일에 만족하는 법을 익혀야 한다. 참된 자기 모습을 찾고, 자기와 다른 것도 너그럽게 받아들이는 법을 익혀야 한다.

목표를 달성할 때까지 강한 집중력을 유지하며 한 곳에만 전력하는 사람들이 가장 크게 성공한다. 그런 사람들은 하나의 구체적인 생각, 하나의 확고한 표적, 그리고 단 하나의 집중적인 목적을 갖고 있다.

삶이라는 자명종에는
'다시 알림' 버튼이 없다

쇠가 식었을 때 내리치지 말아야 한다. 기회가 모습을 드러내자마자 붙잡아야 한다. 아무리 보잘것없는 기회라도 붙잡아 활용해야 한다.

해야 할 일은 해야 한다. 하고 싶은지 아닌지는 중요하지 않다. 망설이고 있으면 뒤에 있는 차가 들이밀고 들어와 주차 공간도 빼앗기게 된다.

비생산적인 삶을 사는 사람들은 오늘은 중요한 날이 아니라는 잘못된 생각을 갖고 있다.

하루하루는 우리에게 선물과도 같다. 리본을 풀고 포장을 뜯어 선물을 열어야 한다. 그런 다음 오늘이 올해 최고의 날임을 매일같이 가슴에 새겨야 한다.

망설이다가 겨우 경기 규칙을 알았을 때쯤이면, 선수들은 이미 흩어진 후이고 규칙은 바뀌어 있다. 기회가 와서

몸이 근질근질할 때 가려운 곳을 정확히 긁어야 한다. 삶은 끊임없는 행동으로 이루어져 있다. 성공하는 리더들은 사람들이 망설일 때 과감히 행동을 취한다. 일단 시작하지 않으면 자기가 무슨 일을 할 수 있는지 알 수 없다. 당신이 "난 포기할래." 할 때, 똑같은 상황에서 "우와, 정말 엄청난 기회잖아." 하고 놀라는 사람이 있다는 것을 기억해야 한다.

기회란 결코 없어지지 않으며, 누군가가 놓친 기회를 다른 누군가가 주워들 뿐이다. 성공한 삶을 사는 한 가지 비결은 기회가 찾아올 때를 위해 준비해 두는 것이다. 능력은 기회가 없으면 아무 소용이 없다.

쏜살같이 날아가는 시간의 조종간을 잡는 것은 당신에게 달려 있다. 토머스 에디슨은 "기다리면서도 서두르는 자에게 모든 것이 찾아온다."고 했다. 생산적인 사람들은 다른 사람들이 시간을 낭비하는 동안 앞장서서 나아간다. 이 순간이 지나가기 전에 재빨리 활용하려는 것이다.

지금도 벌써 생각보다 늦었다. 지금 준비해야 한다. 기회가 보이면 결단을 내려야 한다. 마음을 정하지 못하는 만큼 삶은 뒤로 미루어진다.

지금과 같은 때는 다시는 없으며 시간과 같은 선물은 다시는 없다. 자신의 장점을 잘 활용하는 사람은 삶의 우위를 점한다. 인생의 끝에서 삶이란 참 멋진 것이었구나! 조금만 더 일찍 깨달았더라면…… 하고 후회하지 말아야 한다.

다른 사람이 잠을 잘 때 공부해야 한다. 다른 사람이 빈둥댈 때 일해야 한다. 다른 사람이 놀 때 준비해야 한다. 그리고 다른 사람이 헛되게 바라기만 할 때 꿈을 꾸어야 한다.

늑장은
기회의 무덤이다

   삶에 얼마나 만족하느냐는 대체로 자기 자신의 창의력, 자족력, 기지에 달려 있다. 삶이 만족감을 주기를 기다리는 사람은 만족감은커녕 따분함만 느끼게 된다.

   우유를 얻고 싶다면 밭 한복판에 의자를 놓고 앉아 소가 알아서 앞에 와서 서기를 기다려서는 안 된다. 기회의 문은 밀지 않으면 열리지 않는다. 가만히 앉아서 오는 것을 받기만 할 것이 아니라, 원하는 것을 좇아야 한다.

   수세를 취하고도 승리를 거둔 사람은 없다. 당신에게 찾아오는 것은 최대한 크게 여기고, 당신을 떠나가는 것은 최대한 작게 여겨야 한다.

   모든 사람은 열심히 또 절박하게 분투해야만 한다. 불타는 욕망, 간절하며 지칠 줄 모르는 고집은 하늘을 기쁘게 한다.

적극적으로 기회를 좇아야 한다. 기회는 우리를 찾아 나서지 않으므로, 우리가 기회를 찾아야만 한다. 대부분의 사람들이 인생에서 크게 성공하지 못하는 이유는 기회를 피해 늑장과 악수하기 때문이다.

기회가 현관문을 두드릴 때 뒤뜰에서 네잎 클로버를 찾고 있지는 말자.

집요한 사람에게는 언제나 때와 기회가 있다. 현명한 사람은 발견하는 기회보다 만들어내는 기회가 더 많다. 우리가 기회를 시중들고 있는가, 아니면 기회가 우리를 시중들고 있는가? 선수를 치고 공세를 취하며 살아야 한다.

돈을 재분배하는 상황보다는 기회를 재분배하는 상황을 찾는 것이 보다 가치 있다. 위대한 사람에게는 늘 기회가 주어진다는 느낌을 받은 적 있는가? 성공하는 사람들은 인터뷰에서 늘 미래에 대한 거창한 계획을 이야기한다. 그 모습을 본 사람들은 대개 "내가 저 사람이었다면 놀면서 아무것도 안 할 텐데." 하고 생각한다. 성공했다고 해서 욕망이 줄어들어서는 안 된다. 만약 줄어든다면 더 이상 성공한 것이 아니게 될 것이다.

결코 고개 숙이지 말아야 한다. 고개를 높이 쳐들어야 한다. 세상을 똑바로 쳐다보아야 한다. 성공하고 싶다면, 살면서 자신만의 기회를 잡아야 한다.

그런 의미에서 조너선 윈터스(Jonathan Winters)의 다음 말에 공감이 간다.

"나는 성공을 기다리고 있을 수가 없어서, 성공 없이 먼저 출발했다. 아무리 근거가 없다 하더라도 자신감을 갖고 행동하는 것이 최고다. 위대함의 고지에 오르는 길은 늘 울퉁불퉁한 오르막길이다."

능력보다는 기회가 훨씬 중요하다. 삶은 황금빛 기회로 가득하다. 우리는 모두 할 수 있는 일이 많다. 할 수 있는 것부터 시작하고, 할 수 없는 일 때문에 멈추지 말아야 한다. 작은 기회를 최대한 활용할 때 큰 기회가 찾아오는 법이다. 기회란 노력하지 않고 돈을 벌 수 있는 틈이라고 생각하면 안 된다. 그러나 우리가 받는 최고의 선물은 물건이 아니라 기회다. 기회를 잡아야 한다.

인생에서 무엇을 얻으려면, 그것을 구하고 그것을 위해 분투하며 기꺼이 희생할 마음이 있어야 한다. 기회와 문제에 그저 맞서기만 할 게 아니라 달려들어야 한다. 보통 사람은 기회가 자기를 찾아오기를 기다린다. 강하고 유능하며 민첩한 사람은 기회를 찾아 나선다.

실패는 어제 했던 성공에 머무는 모든 이를 기다린다

　아는 사람 중에 대단한 잠재력을 지닌 사람이 몇 명이나 있었는가? 그들은 다 어디로 갔는가? 대단한 잠재력을 지닌 사람이 중도에 멈춘다면, 그것은 성공을 토대로 계속 쌓아올리지 않았기 때문이다. 사람은 특히 두 번의 고비에 포기하기가 쉬운데, 바로 실수한 후와 성공한 후이다. 다름 아닌 성공 때문에 실패한 사람들이 많다.

　일단 움직이기 시작했다면 계속 나아갈 수가 있다. 마이클 조던이 첫 골을 넣은 후 슛을 그만 두었던가? 존 그리샴이 베스트셀러 한 권을 쓰고 절필했던가? 성공하는 사람은 성공할 때마다 도전 가치가 더 큰 기회를 얻게 된다는 것을 안다. 성공을 통해 얻는 것 중에서 가장 좋은 것이 더 할 수 있다는 기회이다.

　아직 꿈이 다 실현되지 않았다면 오히려 잘된 것인지도

모른다. 바라는 것을 모두 얻는 순간 비참해지기 때문이다. 끊임없이 갈구하기 위해서는 만족할 줄을 몰라야 한다.

길을 가다가 가끔씩 멈춰 서서 꽃향기를 맡아서는 안 된다는 말은 아니다. 단, 승리의 꽃이 져서 꽃잎이 떨어지고 가지치기가 끝나 가시밖에 남지 않을 때까지 그대로 서 있어서는 안 된다.

중요한 곳에 가려면, 우선은 지금 있는 곳에 눌러앉지 않겠다는 결심부터 해야 한다. 승리를 거머쥐면 안락함과 돈은 따라오겠지만 안락함과 돈을, 성공과 혼동해서는 안 된다.

성공하느냐 아니냐는 무엇을 손에 넣느냐와 관계가 없으며, 오히려 손에 있는 것으로 꾸준히 무슨 일을 하느냐가 성공의 척도다. 다시 말하지만, 지금까지 한 일에 만족하는 사람은 결코 장차 할 일로 인해 유명해질 수가 없다.

평생 이것을 기억해야 한다.

내일은 할 일이 더 많으리라는 것을.

기회는 잡으면 두 배로 늘어나고, 방치하면 죽어 버린다. 삶은 길게 늘어선 기회의 연속이다. 많이 할수록 더 많이 할 수 있다.

성공이란 지금 가진 것으로
최선을 다하는 것이다

할 수 있는 것은 잘해낼 수 있다. 잘되는 게 있다면 거기에 힘을 써야 한다. 못 하는 일을 할 수 있기를 바라지 말고, 할 수 있는 일이 무엇인지 생각해야 한다.

지금의 위치에 도달한 사람은 모두 과거의 위치에서 출발해서 지금에 이른 것이다. 진정 지금에 살 줄 아는 사람은 천 명 중 한 명밖에 안 된다. 그 이유는, 자기가 가진 것은 좀처럼 생각하지 않으면서 못 가진 것만 생각하기 때문이다.

우리에게는 더 강한 힘, 더 많은 능력, 더 큰 기회가 필요하지 않다. 먼저 지금 가진 것부터 써야 한다. 사람들은 늘할 수 있는 일은 무시하면서 할 수 없는 일을 하려 한다. 이미 알고 있는 것을 활용하지 못하면 새로 배운 것도 소용이 없다. 성공이란 지금 가진 것으로 최선을 다하는 것이다.

노먼 빈센트 필(Norman Vicent Peale)은 다음과 같은 말을 했다.

"실수에서 배워야 한다는 말은 누구나 들은 적 있겠지만, 나는 성공에서 배우는 게 더 중요하다고 생각한다. 실수에서만 배운다면 잘못만 배우기 십상이다."

실제로 평생 동안 실패를 거듭하면서도 전혀 그런 줄을 모르는 사람도 있다.

날씨를 마음대로 바꿀 수는 없지만 자기를 둘러싼 정신적 환경은 바꿀 수가 있다. 바꿀 도리가 없는 것을 걱정해봐야 무슨 소용이 있는가? 자기 마음대로 되는 것을 바꾸는 데 시간을 써야 한다. 강하고 성공하는 사람은 환경에 희생당하지 않으며, 오히려 바람직한 상황을 만들어낸다. 꼭 해야 하는 만큼보다 더 많은 것을, 꾸준히 하는 사람이 앞서 나간다.

아무 일도 하지 않는 것이 나쁜 이유는, 끝장이 나도 끝장난 줄을 모른다는 것이다. 발전이 끝나면 당신도 끝이다. 주어진 것을 다 써버리면 더 주어지게 마련이다. 절대 지금 모습에 안주하지 말아야 한다.

실패의 법칙은
가장 강력한 성공의 법칙이다

인생에서 무언가를 이룬 사람은 실패의 위험을 감수한 사람이다. 실패는 성공으로 가는 길에서 반드시 거쳐야 할 단계이다. 실패의 위험을 무릅쓰지 않으면 성공할 기회가 오지 않는다. 도전 없이는 성취도 없다.

베이브 루스(Babe Ruth)는 말했다.

"삼진 아웃에 대한 두려움에 움츠려 들어서는 안 된다."

루스보다 홈런을 더 많이 친 선수는 행크 애런(Hank Aaron)밖에 없지만, 삼진 아웃을 더 많이 당한 선수는 70명이나 된다.

실수할까 봐 끊임없이 두려워하는 것이야말로 인생에서 저지를 수 있는 가장 큰 실수다.

실패를 두려워 말아야 한다. 실패를 감추느라 에너지를 낭비하지 말아야 한다. 실패하지 않으면 성장하지 않는다.

이미 성공한 사람이라 해도, 실패를 무릅쓰려는 의지가 약해지면 성장과 학습을 멈추게 된다. 실패는 유예일망정 패배가 아니다. 우리는 모두 실수하며, 행동하는 사람일수록 더 그렇다.

다시 한 번 말하지만, 전혀 실망하지 않는 사람은 아무것도 기대하지 않는 사람밖에 없다.

완벽하려 하지 말아야 한다. 중대한 결단을 내려야 한다면 내리고 말겠노라고 단호히 되뇌어야 한다. 그러나 그 결단이 완벽하리라 기대하지는 말아야 한다.

윈스턴 처칠(Winston Churchill)은 〈완벽 외에는 용납할 수 없다.〉는 좌우명은 '마비'로 줄여 쓸 수 있다고 말하기도 했다.

잘못 말하지 않으려고 아무 말을 하지 않고, 잘못 행동하지 않으려고 아무 행동도 하지 않는 냉정하고 정확하며 완벽한 사람들이 있다.

뛰어남을 추구한다는 것 자체는 즐겁고 건전하지만, 완벽을 추구하는 것은 비생산적이며 헛되기 쉽다.

알고 보면 사람은 뜨거운 물에 들어갔다 나와야만 자신의 참된 모습을 알 수 있는 티백과 같다. 즉 사람도 실패와 두려움을 겪어야만 더 강해질 수 있는 것이다. 아무 말도

하지 않고 아무것도 하지 않으며 아무런 존재의 가치도 없을 때에 우리는 실수를 피할 수 있다.

실패에도 두 가지 이점이 있음을 기억해야 한다. 첫째는 실패하더라도 왜 실패했는지를 배우게 되고, 둘째는 실패를 통해 새로운 시도를 해 볼 기회를 얻게 된다. 사람들은 대부분 성공과 실패가 서로 반대되는 개념이라고 생각하지만, 실은 같은 과정에서 비롯되는 결과물이다.

어떤 패배는 승리를 완성하는 작은 조각이 되기도 한다. 헨리 포드(Henry Ford)는 실수야말로 값진 성과를 얻어내는 데 필수적인 요소라고 말했다. 실수에서 배우는 사람이 있는가 하면, 끝내 실수를 극복하지 못하는 사람도 있다.

그러므로 우리는 실패에서 현명하게 배우는 것을 택해야 한다. 실패에서 성공을 일궈내는 것이다.

결국 아무것도 하지 않으면서 뛰어난 것보다는 무언가 하다가 실패하는 편이 낫다.

아무리 실패하고 아무리 엉망진창이 되었어도 늘 다시 시작할 수 있다. 이 점을 완전히 깨달은 사람은 실패의 충격과 고통을 덜 느끼고, 금세 새로운 출발을 한다.

또한 성공하는 사람들은 실패를 두려워하지 않는다. 그러나 성공한 사람들은 성공을 손에 넣을 때까지 실패하고 또 실패한다. 성공을 앞당기는 가장 좋은 방법은 실패의 속도를 두 배로 높이는 것이다.

실수와 실패는 성공으로 이어지는 가장 확실한 디딤돌이다. 그리고 실패라는 계절은 성공이라는 씨앗을 뿌리기에 가장 좋은 시기이다.

두려움은 세상에서
가장 나쁜 거짓말쟁이와 같다

걱정은 우리 진영에 숨어 있는 배신자로, 우리의 화약을 적시고 조준을 뒤흔든다.

걱정은 부정적인 것에 대한 신념, 불쾌한 것에 대한 신뢰, 불행에 대한 확신, 그리고 패배에 대한 믿음이다. 걱정은 부정적인 상황을 끌어당기는 자석이며, 신념은 긍정적인 상황을 만들어내는 보다 강력한 힘이다. 걱정한다는 것은, 어제의 문제로써 내일의 기회를 망치느라 오늘의 시간을 낭비하는 것이다.

패전의 이유는 대부분 적의 힘을 근거 없이 두려워하기 때문이다. 걱정은 어찌 보면 안개와 비슷하다.

워싱턴에 있는 미 표준국에 따르면, 시내의 7개 블록을 뒤덮는 30m 두께의 짙은 안개는 물로 치면 한 컵도 안 된다고 한다. 한 잔도 안 되는 물이 작디작은 물방울 6천만

개로 나뉘어 있는 것이다. 여기까지는 별것도 아니다. 그러나 이 미세한 입자들이 도시나 시골 위로 드리우면, 앞이 거의 보이지 않게 된다. 걱정 한 잔이 딱 그러하다. 작디작은 초조함의 방울들이 우리 생각을 둘러싸면 우리는 시야를 빼앗긴 채 잠겨 버린다.

한 노인에게 삶의 즐거움을 앗아간 것이 무엇이냐고 묻자, '일어나지 않은 일들'이라고 답했다 한다.

두려움을 품으면 자신을 쫓아오지 않는 것으로부터 달아나게 된다. 두려운 눈으로 미래를 바라보는 것은 결코 안전하지 않다.

1년 전에 걱정하고 있던 일들이 무엇인지 기억나는가? 결국 어떻게 풀렸던가? 그 일들 때문에 많은 에너지를 낭비하지 않았던가? 그런데 결국은 대개 잘 풀리지 않았던가? 우리가 걱정하는 일 중에서 99퍼센트가 아예 일어나지도 않는다. 두려움은 미래를 조각하기에 적합한 끌이 아니다.

결코 두려움에 근거해 결정을 내려서는 안 된다. 결코 의심에 홀리지 말아야 한다. 가장 훌륭한 깨달음은 못 할 거라 겁냈던 일을 내가 할 수 있음을 깨닫는 것이다.

영예는
베풂에 대한 보상이다

백 년 전이었다. 빛바랜 줄무늬 원피스를 입은 할머니와 올이 다 드러난 정장을 한 할아버지가 보스턴 역에 내렸다. 이 노부부는 하버드 대학 총장이 있는 사무실로 주춤주춤 걸어 들어갔다. 비서는 곧 이 소박한 시골뜨기들이 하버드에 볼일이 없는 사람들이라고 판단하고는 얼굴을 찌푸렸다.

"총장님을 뵈러 왔습니다."

남자가 조용히 대답했다.

"총장님께서는 오늘 종일 바쁘신데요."

비서가 잘라 말했다.

"그럼 기다리겠습니다."

할머니가 대답했다.

비서는 노부부가 지쳐서 돌아가겠거니 하고 네 시간 동

안 무시하고 방치해 뒀다. 그러나 부부는 돌아가지 않았다. 비서는 점점 지쳐서, 마침내 총장에게 이야기해 보기로 했다.

"잠깐만 만나 주시면 갈지도 모르니까요."

비서가 총장에게 말했다.

총장은 치민 화를 머금고 한숨을 내쉬고는 알겠다고 대답하고는 근엄한 얼굴로 젠체하며 부부에게 다가갔다. 할머니가 입을 열었다.

"저희에겐 하버드를 1년 다닌 아들이 있었습니다. 하버드를 아주 사랑했고 여기서 아주 행복해했죠. 하지만 1년 전에 아이가 사고로 세상을 떠났습니다. 그래서 남편과 저는 캠퍼스 내에 아이를 위한 기념물을 세웠으면 합니다."

총장은 감동하지 않았다.

"할머니!"

총장은 짐짓 점잔을 빼며 말했다.

"하버드를 다니다 죽은 사람 모두에게 동상을 세워줄 수는 없습니다. 그랬다면 하버드가 아니라 공동묘지가 됐겠죠."

"그게 아닙니다."

할머니가 얼른 해명했다.

"동상을 세우고 싶은 게 아니에요. 건물 하나를 기증할까 해요."

총장은 낡은 줄무늬 원피스와 올이 드러난 정장을 곁눈질하고는 큰 소리로 말했다.

"건물이라고요! 건물 하나를 짓는 데 얼마가 드는지 알기나 하세요? 하버드의 건물을 모두 짓는 데 750만 달러가 넘게 들었다고요!"

할머니는 잠시 숨죽였다. 총장은 드디어 노부부를 쫓아낼 수 있게 되었다며 한숨을 내쉬었다. 그러나 할머니는 할아버지를 보더니 말했다.

"그 정도면 대학을 세울 수 있나 보죠? 그냥 우리가 하나 만들면 어떨까요?"

노신사는 고개를 끄덕였고 부부는 총장실을 나갔다.

총장의 얼굴에는 혼란과 당혹함이 역력했다. 리랜드 스탠포드 부부는 하버드를 나가 끝내 캘리포니아 팔로알토 지역에 이르러, 하버드가 더 이상 존중해주지 않는 아들을 위해 자기 성을 따서 스탠포드 대학을 세웠다.

하버드 대학의 총장과 비서는 스탠포드 부부를 '겉모습'만 보고 판단해, 거액의 기부금을 받을 기회를 놓친 것이다. 이 이야기는 사람들이 입는 옷, 사는 곳, 자동차, 말하는 방식으로 판단하지 않고, 진실의 눈을 통해 보는 것이 얼마나 어렵고 중요한지를 일깨워준다. 사람들이 무엇을 해줄 수 있으며 어떤 모습을 하고 있는지는 전혀 관계없다. 모든 사람은 존중받아야 하고 친절하게 대우받아야 한다. 너무 친절했다며 후회하는 일은 없을 것이다.

우리 자신을 위해 하는 일은 우리와 함께 죽어 사라지지만, 다른 사람을 위해 하는 일은 영원하다. 이기적인 사람이야말로 가장 쉽게 기만당한다.

받음으로써 영예를 얻은 사람은 없다. 영예는 베풂에 대한 보상이다.

다른 사람의 성공에 투자해야 한다. 다른 사람이 산을 오르도록 돕다 보면 자기 자신도 어느새 정상에 다가간다.

잠언에 이런 말이 있다.

"구제를 좋아하는 자는 풍족하여질 것이요. 남을 윤택하게 하는 자도 풍족하여지리라."

써버린 것은 내게 없다.
간직했던 것은 잃었다.
줘버린 것만 남아 있다.

우리는 베푸는 만큼 성장한다. 베풂으로써, 우리는 내면이 성장할 자리를 마련한다. 그러므로 기분 좋게 베풀어야 한다. 다음과 같이 결심을 해야 한다.

저 사람이 나를 처음 만났을 때보다 더 나은 사람이 되도록 해줘야지.

다른 사람이 발전하기를 바란다면, 그들에 대해 좋은 이야기를 해주어야 한다. 사람들은 당신의 방식대로 당신을 대할 것이다. 모든 사람에게서 좋은 점을 찾으려 하고, 재능과 능력을 발휘할 수 있도록 도와야 한다. 사람들이 잠재력을 발휘할 수 있도록 이끌려면, 당신이 그들 뒤에서 버텨주고 있음을 보여줘야 한다. 리더는 잘못된 일을 단호하게 거부하고 옳은 일을 잘할 수 있도록 이끌 수 있어야 한다.

삶에서 가장 의미 있는 것 중의 하나는 다른 사람을 위해 돕는 것이다. 누군가의 등을 두드려주며 칭찬하면, 그 사람은 한 동안 그것을 떠올리며 즐거워 할 것이다. 다른 사람을 격려하는 것은 자기 자신을 격려하는 가장 좋은 방법이다.

다른 사람의 삶에 햇빛을 비춰주면 자신의 삶에도 빛이 들어온다.

사람은 남을 돕도록 창조되었다. 누군가를 지금 하는 대로 대한다면 그들도 발전하지 못할 것이다. 그러나 이미 가능성을 실현한 것처럼 대한다면 그들은 가능성을 실현할 것이다. 성공의 황금률을 실천한다는 것은 희생이 아니라 놀라운 투자이다.

변화는
불가피하다

고인이 된 우주비행사 제임스 어윈(James Irwin)이 이렇게 말했다.

"달에 착륙하는 것이 역사상 가장 과학적인 프로젝트였다고 생각하겠지만, 실은 우리는 달 쪽으로 '던져졌을' 뿐이다. 우리는 10분마다 항로를 조정했고, 목표지점의 반경이 800킬로미터였는데, 겨우 가장자리에서 80킬로미터 안쪽에 착륙했을 뿐이다."

이 임무에서는 아주 작은 변화 하나하나가 성공에 지대한 역할을 한 것이다.

바람의 방향을 바꿀 수 없을 때는 돛을 조정해야 한다. 지금 모습 그대로 머물러서는 목표로 하는 모습이 될 수 없다. 그리고 대부분의 사람들이 변화를 싫어하지만, 정작 성장을 가져오는 것은 변화밖에 없다.

변화만큼 영원한 것은 없다.

모든 사람들이 세상을 바꾸려고 안달이지만 자신조차 변화시키지 못한다.

성공으로 가는 길은 늘 공사 중이다. 현재를 무작정 받아들이지 않고 거부함으로써 미래가 생겨나는 것이다. 잘려서 불쏘시개가 되는 것보다 가지치기를 당해서라도 자라는 편이 나은 법이다.

변화란 늘 손수 시도해야 하는 프로젝트다.

현명한 사람은 때때로 마음을 바꾸지만 어리석은 사람은 완고하다. 계획에 변화가 생길 수도 있음을 받아들여야 한다. 필요에 따라 변화할 줄 안다는 것은 강하다는 증거이다.

더 오랫동안 잘못을 저지르거나, 자신이 옳다는 확신이 강할수록 변화를 받아들이려 하지 않는다. 자신의 실수와 잘못을 감싸는 것은 실수와 잘못을 그만둘 의지가 없음을 드러내는 것이다. 고집이 센 완고한 사람은 생각을 지배하는 것이 아니라 생각에 지배를 당한다.

사람들은 대개 발전에는 흥미를 갖고 있지만 변화는 싫

어한다. 끊임없는 변화가 불가피하다는 것을 받아들여야 한다. 사람들은 대개 멀리 빛이 보일 때가 아니라, 열기가 느껴질 만큼 가까이 가서야 변화하려는 마음을 먹게 된다. 그래서는 너무 늦게 된다.

아무리 대단한 아이디어라도 성공하려면 변화와 개선과 수정이 필요하다. 헨리 포드는 처음 만든 자동차에 깜빡하고 후진 기어를 장착하지 않았다. 그러니 가고 싶은 곳에 갈 수는 있지만, 지나쳐 가버리면 되돌아갈 방법이 없었다. 실수를 눈치 챈 사람은 거의 없었지만, 포드가 스스로 그것을 바꿨기에, 그의 성공을 모르는 사람이 거의 없게 된 것이다. 늘 하던 방식을 고수한다면 성장이 멈춰 성공하기 어렵다. 변화를 멈추는 것은 곧 성장을 멈추는 것이다.

창조할 수 없는 경우라면 적어도 개선할 수 있다는 것을 알아야 한다. '획기적인 새로운 아이디어'도 옛 아이디어에 지나지 않을 때가 있다. 그러니 새로운 아이디어가 떠오르려고 근질근질하다면 계속 긁어야 한다. 변화를 두려워 말아야 한다.

Part 4

열정의
레시피

무엇을 얻기 위해서가 아니라 무엇이 되기 위해 노력해야 한다. 할 수 있는 한 최선을 다하고, 결과가 알아서 풀리도록 지켜보아야 한다. 성공은 목표를 이루는데 있지 않고, 이뤄야 할 것을 목표로 삼는데 있다.

평범함의 가장 좋은 대안은 완벽함이 아니라 뛰어남이다. 완벽해지기 위해서가 아니라 뛰어나기 위해 애쓰면 의욕이 솟고 뿌듯해진다.

알맞은 때
알맞은 일을 해야 한다

　가볼 만한 곳에는 지름길이 없다는 말이 있다. 최고에 이르는 길은 짧지도 쉽지도 않다. 가치 있는 일은 서둘러 일어나지 않으므로 인내심을 가져야 한다. 우리는 인내심이 없기에 해야 할 일을 너무 금세 포기한다. 초조해하지 말아야 한다. 손이 시리다고 손가락을 태울 수는 없지 않은가.

　성공에는 속도보다는 타이밍이나 방향 설정이 중요하다. 알맞은 때에 알맞은 일을 하는 것이 열쇠이다. 모든 것을 위한 때와 자리를 정하고 모든 것을 제때 하면, 더 많은 것을 해낼 수 있을 뿐 아니라 늘 허둥지둥하는 사람들보다 훨씬 여유로울 것이다. 문제는, 박력이 넘치는 사람들은 기회가 자기를 따라잡을 때까지 가만히 서 있지를 못한다는 것이다.

　허둥지둥 서두르면 지금 하려는 일이 스스로에게 벅차다

는 것을 보여주는 것밖에 안 된다.

때가 무르익지 않았다면 성급함의 씨앗을 뿌려 좌절을 거둘 것이다. 길을 잘못 들었는데 뛰어봤자 무슨 소용이 있겠는가?

무언가에 실패했다면, 나쁜 때에 덤벼들었기 때문인지도 모른다. 때가 지났다면 준비는 소용이 없다. 빠르게 달리는 인생의 문제점은 너무 금방 끝에 다다른다는 것이다. 사람들은 대개 숨이 가쁘도록 즐거움을 좇다가, 즐거움을 지나쳐 뛰어가 버린다. 서두르면 일을 그르친다. 시간에게 시간을 줘야 한다. 일 년에 할 수 있는 일은 과대평가하면서 평생 할 수 있는 일은 과소평가하는 사람들이 많다.

필요 이상으로 서두르지 않고 느긋이 나아가는 사람에게 길은 길지 않으며, 참을성 있게 영광을 맞을 준비를 하는 사람에게 영광은 멀지 않다.

설령 제때 하는 행동이라 해도, 정답과 직접 연관이 있다기보다 그저 제때 제자리에 있기 위한 행동인 경우도 많다.

우리가 해야 하는 일과 지금 하고 있는 일이 같다는 것을 깨달을 때 우리는 가장 행복하다. 평범한 일에도 기한이 있고 천하만사에 다 때가 있는 것이다. 해야 할 일을 미루면 이뤄야 할 이상을 실현할 수가 없다.

바른 방향을 보고 있다면 계속 걷기만 하면 된다.

바른 길로 절뚝거리며 가는 사람이 잘못된 길로 달리는 사람을 이긴다. 그런 사람은 더 열심히 더 빨리 달릴수록 점점 더 빗나가게 된다.

적당한 보조를 정해야 한다. 너무 빨리 가면 당신이 불행을 따라잡을지도 모르고, 너무 천천히 가면 불행이 당신을 따라잡을지도 모른다. 참을성과 끈기가 있다면, 잘못된 곳을 피해 결국은 가야 할 곳에 이르게 된다.

기대가 없으면
실망도 없다

삶을 되돌아보면 했던 일보다 안 했던 일에 후회하게 될 것이다.

우리는 살면서 언제나 과감하고 용감해져야 한다. 만약 어려운 일에 직면하더라도 실패가 아예 불가능한 것처럼 행동해야 한다. 에베레스트 산에 오른다면 정상에 꽂을 국기를 가져가야 할 것이다.

보이는 것에서 더 나아가 손에 넣을 수 있는 것을 믿어야 한다. 중요하고도 어려운 계획이 아니면 시작도 하지 말아야 한다. 그리고 번트가 아니라 홈런을 노려야 한다. 평범하게 생각하는 사람은 위대한 것을 모른다. 어려운 일을 떠맡는다면 자신에게 이로운 것이다. 이미 잘하는 것을 뛰어넘는 무언가를 시도해야만 성장할 수 있다.

평균이 늘 낮은 이유는, 평균 이상을 하지 않기 때문이다.

무엇이 정말로 불가능한지는 단언하기 어렵다. 우리가 오늘 당연하게 받아들이는 것이 어제는 불가능해 보였기 때문이다.

나폴레옹은 "불가능은 바보들의 사전에 있는 단어"라고 했다.

우리 사전에는 무슨 단어가 있을까? 지나칠까 봐 걱정하면 늘 모자란다. 가능한 것을 모두 해내고 싶은가. 그러면 불가능하다고 생각되는 것을 시도해야 한다. 큰 꿈을 부담스러워하지 말고 자신보다 더 큰 비전을 가져야 한다.

최고의 일거리는 아직 아무도 발견하지 못했으며, 최고의 일은 아직 아무도 한 적이 없다. 할 수 있는 것보다 더 많은 일을 떠맡아야 할 수 있는 일을 다 해낼 수 있다.

"그건 그렇게 하는 게 아니지."라고 하는 사람들의 말은 듣지도 말고 귀 기울이지도 말아야 한다.

"너무 위험한 도박을 하는 거 아냐."라고 말하는 사람의 말도 듣지 말아야 한다. 사람들이 불가능하다고 생각하는 것을 무시하는 능력을 길러야 한다. 세 번 강하고 세 번 담대해져야 한다.

미켈란젤로가 시스티나 성당의 천장이 아닌 바닥에 그림을 그렸다면, 지금쯤은 닳아 없어졌을 것이다. 평범이라는 안전한 길을 좇을 것이 아니라 늘 높은 곳을 보며 중요한 일을 추구해야 한다.

세상에서 가장 크게 실망하는 사람은 주어진 것에 만족하고 더 이상 바라지 않는 사람이다. 실패하는 길은 여러 가지가 있지만, 도전하지 않는 것이 그중에서 가장 확실한 실패이다.

작은 계획에는 아무도 의욕을 느끼지 못하므로 신경 쓰지 말아야 한다. 기대가 없으면 실망도 없는 법이다.

비판이 아닌
창조여야 한다

한 유치원 교사가, 반 아이들이 그림을 그리는 동안 걸어 다니면서 한 명 한 명의 그림을 보고 있었다.

교사는 열심히 그림을 그리고 있는 한 여자아이 옆에 서서는 무슨 그림이냐고 물었다.

아이는 대답했다.

"하느님을 그리고 있어요."

교사는 잠시 망설이더니 말했다.

"하느님이 어떻게 생겼는지 아는 사람은 아무도 없을 텐데."

아이는 그림에서 눈을 떼지 않으며 주저하지 않고 대꾸했다.

"곧 알게 될 거예요."

추진력이 있는 사람에게는 한 가지 공통점이 있는데, 바로 비판받게 마련이라는 점이다. 비판에 어떻게 대처하느냐가 추진력의 정도를 결정한다. 최근에 타임지에 실린 빌리 그레이엄(Billy Graham)에 대한 특집 기사를 읽을 수 있었다. 동료 성직자들이 그를 비판한 것을 보고 깜짝 놀랐다. 큰 인물은 모두 큰 비판을 받게 마련이라는 사실을 다시 한 번 실감했다.

자신의 큰 목표와 업적이 부당하게 비판받더라도 으레 그러려니 하고 받아들여야 한다. 진심으로 우리를 위하는 사람들에게 건설적인 비판을 받는 것은 이로울 수 있지만, 그렇지 않은 사람들에게까지 대꾸해야 할 가치는 없다. 비평가에게 시간을 할애하지 말고, 대신 그 시간을 친구에게 투자해야 한다. 자신을 존중하지 않는 사람들과 말싸움하는 건 실수다.

창조보다는 비판하기가 천 배는 더 쉽다. 비평가들이 문제를 해결하지 못하는 이유가 바로 그것이다.

비평가는 질문을 제대로 이해할 만큼 깊이 고찰해보지도 않고 답을 알아버린다. 비평가는 자기보다 뛰어난 사람을 칭찬하기 위해 존재하면서도 절대로 그런 사람을 찾지 못한다.

비평가는 햇빛이 그림자를 만들기 위해 존재한다고 생각한다. 자기는 아무것도 믿지 않으면서 사람들이 자기를 믿어주길 바란다. 또한 냉소주의자와 마찬가지로, 모든 것의 가격을 알면서 그 어느 것의 가치도 알지 못한다. 당신은 비평가에게 빚진 것이 없으므로, 일일이 대꾸하느라 시간을 낭비하지 말아야 한다. 남을 깎아내리는 소인이 되지 말고 큰 인물이 되어야 한다.

우리에게는 다른 사람의 집에 들어가 은 식기를 훔쳐낼 권리가 없다. 그와 마찬가지로, 주변 사람의 삶에 우리의 어지러운 심정을 우겨넣어 그들의 햇볕과 광명을 빼앗을 권리도 없다.

남을 비판하는 일을 하면 수당도 못 받고 초과근무를 하게 된다.

다른 사람에게 흙을 던지지 말아야 한다. 그러면 목표를 맞출 수 있을지 모르지만, 자기 손이 더러워지지 않겠는가. 별이 되지 못했다고 구름이 되지는 말아야 한다. 남을 비판할 시간이 있으면 스스로 발전하는 데 써야 한다. 비판이 아닌 창조에 시간과 에너지를 써야 한다.

기억하면 좋고 실천하면 더 좋은 것은, 철거반이 아닌 건설 작업반과 일하라는 것이다.

어떤 일이 불가능하다고 말만 하는 사람이, 일을 실제로 하는 사람에게 걸림돌이 되어서는 안 된다. 누군가가 뒤에서 당신을 걷어차는 건 당신이 앞서 있기 때문임을 명심해야 한다. 비평가는 마치, 자신은 춤을 못 추면서 악단이 연주를 못 한다고 불평하는 사람과 같다.

성공을 추구하지 말고
뛰어남을 추구해야 한다

　한 여객기에 승객들이 착석한 다음 조종실 승무원들이 타기를 기다리고 있었다. 갑자기 비행기 뒤편에서 웅성거리는 소리가 들려왔다. 그러더니 복도 쪽에 있던 승객들이 검은 선글라스를 낀 기장과 부기장이 조종실로 가는 모습을 바라보고 있었다.

　그런데 기장은 흰 지팡이를 짚고서 승객들에게 이리저리 부딪치면서 복도를 따라 휘청휘청 걷고 있고, 부기장은 맹도견을 데리고 있었다. 그들이 줄지어 앉은 승객 옆을 지나자, 분명 무슨 좋지 않은 장난이리라고 생각한 사람들이 신경질적으로 킬킬거렸다.

　그러나 몇 분 후 그들은 조종실로 들어갔고, 조종실 문이 닫히고 엔진이 돌기 시작하며, 비행기가 서서히 활주로로 이동하기 시작했다.

　승객들은 불편한 표정으로 서로를 쳐다보면서, 소곤거리

기도 하고 불안한 듯 꼼지락대기도 하고 팔걸이를 꼭 잡기도 했다. 비행기가 속도를 내기 시작하자 사람들은 겁에 질리기 시작했다.

어떤 승객들은 기도하고 있었고, 비행기가 활주로 끝에 다가갈수록 승객들은 점점 이성을 잃어갔다.

마침내 활주로 끝까지 몇 초밖에 남지 않자, 모두 동시에 소리를 지르기 시작하면서 공포의 비명소리가 여객실을 가득 메웠다. 그러나 마지막 순간 비행기는 이륙해 공중으로 떴다.

조종실에서, 부기장이 안도의 한숨을 내쉬며 기장을 향해 몸을 돌렸다.

"그것 보세요. 요즘 승객들은 너무 늦게 비명을 질러서 진짜 죽을 것만 같다니까요."

위 이야기의 승객들처럼, 불의를 보면서도 한참 동안 목소리를 내지 않고 모른 척할 때가 있다. 얼마나 더 모른 척할 것인가?

매사를 시작할 때 어떻게 하면 전보다 더 잘할 수 있을지를 생각해야 한다. 최고가 되기 위해 삶의 성전(聖戰)에 나서야 한다. 남들이 뭐라고 하든 옳은 일은 바로 시작해야 한다.

삶에서 흥미로운 점은 최고만을 받겠다고 고집하면 대부분 최고를 받게 된다는 것이다. 최고만을 생각하고, 최고만을 위해 노력하며, 최고만을 기대해야 한다. 뛰어남은 우연히 이룰 수 있는 것이 아니다. 어떤 일을 더 잘할 방법이 있다면 그게 무엇인지를 찾아내야 하는 것이다.

무슨 일을 하든지 늘 훌륭한 방법이 있다. 남들이 자신에게 기대하는 것보다 더 높은 기준을 잡아야 한다. 절대 자기 자신을 봐주지 말아야 한다. 뛰어난 것이 당연하게 받아들여지는 환경에 익숙한 사람은 별로 없다.

천성적으로 최고만을 구하는 사람들, 최고 중의 최고밖에 받아들이지 않는 사람들이야말로, 다른 사람들을 위해 기준과 이상을 마련하는 사람들이다.

사람들은 우리가 무엇에 살고 죽는지를 보고 우리 인격을 판단한다.

무엇을 얻기 위해서가 아니라 무엇이 되기 위해 노력해야 한다. 할 수 있는 한 최선을 다하고, 결과가 알아서 풀리도록 지켜보아야 한다. 성공은 목표를 이루는데 있지 않고, 이뤄야 할 것을 목표로 삼는데 있다.

평범함의 가장 좋은 대안은 완벽함이 아니라 뛰어남이

다. 완벽해지기 위해서가 아니라 뛰어나기 위해 애쓰면 의욕이 솟고 뿌듯해진다. 만사에 완벽함을 추구하는 것은 좌절만 가져오고 헛된 일이다.

평범한 사람에 대한 수요는 언제나 높다. 거기에 혹하지 말아야 한다. 대신 최고 중의 최고에 만족해야 한다. 자신에 대해 최고의 모습을 이끌어내고 있다면 성공한 것과 다름없다.

뛰어나기 위해서는 지금의 자신보다 더 나은 사람이 되어야 한다. 인기를 얻으려고 원칙을 팔아넘긴다면 최악의 파산을 겪게 될 것이다. 자기가 아는 '최고'에 초점을 맞춰야 한다.

시기심은 바다만 보고
암초는 보지 못한다

전력 질주하는 달리기 선수를 상상해 보자. 그는 숱한 경쟁자를 제치고 달려가다가, 경쟁 상대를 보기 시작한다. 그러면 어떻게 되겠는가? 그 선수는 속도가 떨어질 테고, 비틀거리게 될 것이다. 우리 역시 삶이라는 길을 달리는 동안 시기심 때문에 다른 데 정신을 팔면 똑같은 일이 일어난다. 기록이 깨지기는커녕 추진력이 깨질 것이다.

탐하는 자는 늘 가난하다. 시기심으로 부유해진 사람은 없다.

모든 감정 중에 질투야말로 가장 혹독하게 일을 시키면서 보수는 가장 짜게 준다. 그 일이란 것은 적의 성공을 지켜보는 것이며, 보수란 그 성공을 인정하는 것이다.

시기는 개가 자신을 물었다 해서 개를 무는 꼴이다. 시기하는 사람은 다른 사람을 쏘고 자기가 다친다는 말이 있다. 시기심이 얼마나 자기학대적인지를 잘 나타내주는 말이다. 평온한 마음은 육신의 생명을 연장하지만 시기는 생명을 갉아먹는다. 또한 녹이 쇠를 갉아먹듯 시샘은 자기 자신을 갉아먹는다.

시기는 삶으로부터 기쁨과 만족감, 목적의식을 앗아간다. 시기가 자라나도록 내버려두면 증오와 복수심을 낳는다.

눈먼 것은 사랑이 아니라 질투다.

시기하는 자는 다른 사람에 대한 칭찬을 들으면 자기가 상처 입었다고 생각한다.

"사랑은 망원경으로 보고 시기는 현미경으로 본다."라는 말이 있다.

우리는 우리에게 없는 것을 과소평가하거나 과대평가한다. 남들이 가진 것을 탐내며 낭비하기엔 삶은 너무나 귀중하다.

시기심은 엄청난 정신력 낭비다. 시기심을 억누르지 않으면 큰 불행의 씨앗이 된다. 탐욕은 평범한 사람이 성공한 사람에게 바치는 조공이다.

갖지 못한 것을 바라지 않으며 오히려 가진 것에 감사하는 사람이 현명한 사람이다. 갖고 싶은 것이 많다고 생각하면 필시 불행해질 것이며, 이미 과분할 만큼 가졌다고 생각하면 행복해질 것이다. 항상 감사해야 한다. 시기심은 너무 무거운 짐이다.

시기심은 남들이 자기만큼 성공하지 못하기를 바라는 욕망이다. 남들이 무슨 일을 하고 못 하는지를 가지고 자기 성공을 재려 들지 말아야 한다. 바꿔 말하면, 적과 맞먹으려 들고 벗을 이기려 들지 말아야 한다.

목적이 없으면
늙어가는 것밖에 할 일이 없다

　브라이언 카바노프(Brian Cavanaugh)의 '씨 뿌리는 사람의 씨앗 주머니'에는, 최초로 에베레스트 산에 오른 에드먼드 힐러리 여사의 이야기가 나온다.

　1953년 5월 29일, 힐러리는 당시 인류에게 알려진 가장 높은 산(해발 8,858m)을 등반했다. 힐러리는 그 업적으로 기사 작위를 받았다. 심지어 아메리칸 익스프레스 카드 광고를 찍기도 했다. 그러나 그녀의 저서 '대모험'을 읽으면, 성공은 꾸준한 노력 덕택이었음을 알 수 있다. 일례로 그녀는 1952년에 에베레스트 산을 오르려다가 실패했다. 그로부터 몇 주 후 영국의 한 단체가 힐러리에게 회원들 앞에서 연설을 해달라고 청했다.

　에드먼드 힐러리는 우레와 같은 박수를 받으며 무대에 올랐다. 청중은 큰일을 시도했다는 점을 인정한 것이었지만, 힐러리는 자신이 실패자라고 생각했다. 그는 마이크에서 멀어져 강단의 끄트머리로 걸어갔다. 그러더니 에베레스트 산의 사진을 향해 주먹을 불끈 쥐고서는 큰 소리로 말했다.

"에베레스트여, 내 처음엔 네게 졌으나 다음에는 이기고 말것이다. 너는 이미 자랄 만큼 자랐지만, 나는 아직 자라고 있으니까!"

세상은 목적의식이 있는 사람에게 자리를 내어준다. 사람의 말과 행동을 통해, 자신의 목적지를 알고 있는지가 드러난다. 우리는 주변상황을 정복하고 문제를 해결하며 목표를 달성하도록 만들어졌다. 정복할 장애물과 달성할 목표, 성취할 목적이 없다면 진정한 만족감이나 행복을 찾을 수 없다.

당신은 어떤 목적을 위해 일부러 창조되었다. 사람들은 부자가 되고 싶다고 말하지만, 그들에게 진정 필요한 것은 목적 달성이다. 행복은 한 가지 목적에 몸 바칠 때 생겨난다.

당신의 마음속에는 '목적'이라는 사자가 잠자고 있다. 살아 있는 사람에게는 누구나 운명이 있다. 사명을 받들어야 한다. 인생에서 분명한 방향 감각과 목적의식을 가져야 한다. 역동적인 목적으로부터 의욕을 얻는 삶이 성공한 삶이다.

숙명에 몸을 맡겨야 한다. 그러면 목적이 생기게 된다. 미래를 바라보면 너무나 휘황찬란해 눈을 뜨기 어려울 것이다.

조지 엘리엇(George Eliot)은 꿈을 실현하기에 늦은 것이란 없다고 했다.

재능이 없어서 실패하는 사람보다 목적이 없어서 실패하는 사람이 더 많다. '잘되거나 말거나'라는 태도로 살아간다면, 십중팔구 잘 안 될 것이다. 어디로 가는지 확실히 모르면 엉뚱한 곳에 다다르기 십상이기 때문이다.

체스터필드 경(Lord Chesterfield)은 다음과 같은 글을 남겼다.

"확고한 목적은 인격을 구성하는 필수적인 힘줄이며 최고의 성공 수단이다. 확실한 목적이 없으면, 하늘이 내린 재능도 갈피 없는 미궁을 헤매며 힘을 낭비하게 된다."

방향이 없는 사람은 상황의 노예가 된다. 돈이 아니라 목적이 없는 사람이야말로 가장 가난한 사람이다. 목적이 없으면 늙어가는 것밖에 할 수 있는 일이 없다.

인생의 비전이 없는 사람은 어느 한 가지에 초점을 맞춰 집중해본 적도 없을 것이다. 비전이 없으면 뚜렷하고 흔들림 없는 초점도 있을 수 없다.

목적이 뚜렷해지면, 가만히 있어도 결정이 알아서 달려든다. 자기 사명을 발견하면, 사명을 다하려면 어떻게 해야 하는지를 저절로 알게 될 것이다. 또한 사명을 다하려는 열정과 이글거리는 욕망이 차오를 것이다.

자기 목적지를 모르는 사람이 되지는 말아야 한다. 자신의 길을 나서야 한다. 확실한 목적을 갖고 앞으로 나아가야 한다.

운명은 기회의 문제가 아니라
선택의 문제다

"난 예전에 우유부단했는데, 지금은 안 그런 것 같기도 하고……."

당신은 이렇게 말하고 있지는 않은가? 결단을 내리면 생각이 현실이 된다. 운명은 기회의 문제가 아니라 선택의 문제다. 삶의 목표를 똑바로 조준하고 있는 사람은 많다. 정작 방아쇠를 당기지 못할 뿐이다. 원하는 것을 얻으려면 우선 원하는 것이 무엇인지를 알아야 한다.

결단하지 않는 것도 일종의 결단이다. 잡초는 우유부단이라는 흙에서 잘 자란다. 길 가운데서 비켜서야 한다. 길 가운데 서 있으면 매우 위험하다. 양쪽 방향으로 달리는 자동차에 모두 치일 수 있기 때문이다. 실패라는 열차는 우유부단이라는 철로 위를 달린다.

우리는 실제로 죽기 전에도 우유부단으로 인해 죽을 수

있다.

우유부단은 우리를 약하게 하고, 저절로 증식하며, 습관성이라 할 수 있다. 게다가 전염성까지 있어서 남들에게 전염된다.

손목시계가 하나만 있는 사람은 시간을 알지만, 두 개 있는 사람은 결코 확실히 알 수 없다. 결단을 내리지 않으면 망설이게 되고 돌이킬 기회를 생각하게 되므로, 비효율성이 생긴다. 스스로의 목소리에 귀 기울여 보아야 한다. "결단을 내렸어,"라는 목소리가 들린다면, 짜릿하고 생산적인 삶으로 가는 길에 오른 것이다.

뛰어난 사람은 소망과 함께 의지도 지니고 있다. 바라기만 하는 마음이 클수록 더 평범한 사람이다. 나약한 자는 늘 직접 선택한 방법이 아니라 다른 사람이 정해준 방법을 놓고 고민한다. 다음은 마이크 머독(Mike Murdock)의 말이다.

"자기가 묵인한 것에 대해서는 불평할 권리도 없다."

지혜로운 자는 직접 결단을 내리지만, 무지한 자는 무리의 의견에 따른다. 결단을 내리지 못했다고 걱정할 필요는 없다. 다른 사람이 대신 내려주긴 할 테니까. 지금껏 우리가 한 선택과 하지 않은 선택이 모여서 지금의 우리를 만든 것이다.

때로는 틀릴 수밖에 없다 하더라도 결단력을 발휘해야 한다. 미래의 문을 여는 열쇠는, 아직도 선택할 수 있고 결단할 수 있다는 사실이다. 무엇이 되기로 정하느냐에 따라 지금의 당신이 미래의 당신으로 변화한다. 결단이 운명을 결정한다.

보통 사람은 지금 사는 인생도 어쩔 줄을 모르면서, 영원히 지속될 다른 인생을 원한다. 또한 헌신과 결단에는 자연히 성과와 성공이 따른다. 따라서 결단력 있는 사람 한 명이 관심만 있는 사람 백 명보다 더 많은 일을 해낸다.

가장 완벽한 복수는
용서다

　빨리 먼 곳으로 여행을 떠나고 싶다면 가벼운 차림으로 여행을 떠나야 한다. 시샘과 쓰라림, 원망과 분노, 두려움을 짐에서 모두 꺼내두어야 한다. 용서받거나 용서할 기회를 절대로 놓치지 말아야 한다. 용서란 강한 자의 특권이므로 나약한 자는 결코 용서할 수가 없다.

　로렌스 스턴(Lawrence Sterne)은 "용감한 자만이 용서하는 법을 안다. 겁쟁이는 결코 용서하지 못한다. 천성이 그렇지 못하기 때문이다."라고 말했다.

　용서하지 못하는 삶을 사는 것은 주차 브레이크를 걸고 운전하는 것과 마찬가지다. 앞으로 나아가는 데 방해가 되어 속도가 떨어지고 추진력을 잃게 된다. 용서하지 않는 것은 사람이 가장 값비싼 대가를 치러야 할 사치이다. 삶에 깊숙이 자리한 응어리는 치명적인 암세포처럼 마음의 평화를 갉아먹고, 생존에 반드시 필요한 내장기관들을 파괴한다. 그리고 오랜 시간 동안 증오의 응어리를 품는 사람은 알고 보면 참으로 한심한 사람이다.

용서하지 않는 삶에는 자연히 복수가 따른다. 복수는 믿을 것이 못 되고 달콤해 보이지만 실제로는 매우 쓰다. 잘못을 참아 넘기는 것이 잘못에 대해 복수하는 것보다 훨씬 더 쉽다. 비기려 하면 승리하지 못한다.

용서는 내면의 가장 깊은 곳의 욕구이며 가장 위대한 업적이다. 용서가 없으면 삶은 끝없는 원한과 앙갚음의 악순환으로 점철된다. 얼마나 한심한 체력 낭비인가. 적을 용서한 적 없는 자는 인생에서 가장 숭고한 기쁨을 맛보지도 못한다. 용서는 마음의 평화를 얻기 위한 열쇠이며, 우리는 용서를 통해 해방되고 비로소 자유로워질 수 있다.

길고 보람찬 삶을 사는 비결은 매일 밤 잠자리에 들기 전 모든 일에 대해 모든 사람을 용서하는 것이다. 자신에게 잘못한 사람들을 용서하면 마음의 평화를 얻을 수 있다. 징벌은 인간에 어울리는 일이나 용서는 신에 어울리는 일이라는 말도 있다. 그만큼 어려운 일이기도 하다. 하지만 가슴에 큰 응어리를 담고 살면 삶의 균형을 잃게 된다. 용서는 재미있는 것이어서, 마음을 따스하게 해 주면서도 상처로 인한 아린 곳을 식혀준다.

리처드 닉슨(Richard Nixon)은 "나를 미워하는 사람을 미워하는 순간 당신은 진다. 그건 자멸이다."라고 했다.

지난날을 흘려보내고 미래를 차지하고 싶은가? 용서하면 지난날을 되돌릴 수는 없어도 더 나은 미래를 만들 수 있다.

그리고 누군가를 용서하지 않는다면 옳다가도 잘못할 수 있다. 설사 처음엔 옳았더라도, 그것을 너무 오래 주장하면 잘못이 되는 것이 이치다.

용서의 다리를 불사르지 말아야 한다. 앞으로 그 강을 건널 일이 많을 것이기 때문이다. 용서하지 않는 것은 헛되지만 용서는 미래를 열어준다.

"누구를 용서해야 할까?" 하고 매일 자문하면 하루를 올바르게 시작할 수 있을 것이다.

미워하며 잊지 못하는 것보다 용서하고 잊어버리는 편이 훨씬 낫다. 정말 중요한 것은 우리에게 일어나는 일이 아니라 우리 마음속에서 일어나는 일이다. 용서야말로 가장 완벽한 복수다.

큰 배가 다니려면
물이 깊어야 한다

　우리가 성취하는 것은 시도하는 것과 비례한다. 성취하는 것이 거의 없는 이유도 거의 시도하지 않기 때문이다.

　어떤 일이 어렵기 때문에 용기를 내지 못하는 것이 아니라, 용기를 내지 않기 때문에 일이 어려운 것이다. 불가능이란 단어의 정의는 '누군가 할 때까지는 아무도 할 수 없는 것'이다. 절대 안 된다는 말은 하지 말아야 한다. 큰 사람이 되려면 큰 뜻을 품어야 한다.

　불가능한 일에 시도한다는 건 흥미로운 일이다. 오히려 안전하려 할 때가 불안한 것이다. 그러므로 할 수 있다는 마음가짐으로 매사에 임해야 한다.

　불가능한 것을 시도하지 않으면 자신에게 잠재된 재능을 발휘할 수 없다. 자신이 이해할 수 없다고 무시해 버리는 평범한 사람이 되지 말아야 한다.

우리에게는 지적인 능력은 충분하지만 영적인 능력은 모자란다. 보이는 것은 더 필요하지 않으며 보이지 않는 것이 더 필요하다.

우리 모두에게는 위험 근육이라는 것이 있다. 그 위험 근육을 더 많이 사용할 방법을 찾아야 한다. 이 근육은 새로운 것에 도전하고 실험하고 시도하면 발달시킬 수 있다. 감당 못 할 정도로 떠맡아야 한다.

로버트 슐러(Robert Schuller)가 말했다.

"진정한 실패자는 기준을 너무 낮게 정하고 막대를 너무 안전한 높이에 걸어두기 때문에, 실패할 위험을 무릅쓰지 않는다."

도전하지 않는다면 아무것도 바라지 말아야 한다. 발전에는 늘 위험이 따른다. 도전하지 않으면 성과를 낼 수 없다.

Part 5

용기의
레시피

사람들이 당신에 대해 부정적으로 말한다면, 아무도 그 사람들 말을 믿지 않도록 살고 또 일해야 한다. 비판을 두려워하면 실패는 불을 보듯 뻔하다.

비판을 막으려면 아무것도 하지 않고 아무것도 되지 않는 수밖에 없다.

비판을 두려워해서는 큰일을 해낼 수 없다. 성공하는 사람은 남들이 자기에게 던지는 돌을 쌓아 굳건한 토대를 만들 수 있는 사람이다.

올해의 성공은
작년의 불가능이었다

　믿음이 필요하지 않은 일은 하지 말아야 한다. 추진력을 얻으려면 늘 믿으며 기다릴 무언가, 고대할 무언가를 갖고 있어야 한다. 믿음으로 살지 않는다면 사는 것이 아니다. 위험을 무릅쓰거나 무위도식하거나 둘 중 하나를 택해야 한다.

　신념이란 증거와 관계없이 뭔가를 믿으려 드는 것이 아니라, 결과와 관계없이 과감히 뭔가 하는 것이다.

　달을 향해 날아오르면 만에 하나 빗나가더라도 별에 떨어질 수 있다. 우리가 해내는 것은 시도하는 것에 비례한다. 해내는 것이 거의 없는 이유는 거의 시도하지 않기 때문이다. 안 된다는 말은 절대 하지 말아야 한다. 큰 사람이 되려면 큰 생각을 품어야 한다. '불가능'이란 무엇인가? '누군가 할 때까지는 아무도 할 수 없는 것'이다.

불가능한 것을 시도하지 않으면 신께서 주신 자질을 발휘하지 못한다. 위험은 신이 계획한 것이다. 아무나 신을 찬양할 수는 있지만, 신을 따르는 것은 용감한 사람만이 할 수 있다.

발전에는 늘 위험이 따른다. 1루에 발을 대고 2루로 도루할 수는 없다. 도전하지 않으면 자기 몫을 챙길 수 없다. 꿀을 얻으려면 벌집에 들어가야 한다. 큰 배가 다니려면 물이 깊어야 한다. 도전하지 않았다면 아무것도 바라지 말아야 한다.

쉽게 살기를 바라지 말고 보다 강한 사람이 되려고 기도해야 한다. 자기 능력에 맞는 임무를 구하지 말고 자기 임무에 맞는 능력을 구해야 한다.

'언젠가'는
결코 오지 않는다

옛날 옛적, 악마가 세상을 멸망시키려고 마음먹었다. 그리하여 악마는 수하의 악마들을 모두 불러들였다.

'분노'가 가장 먼저 도착해서, 형제끼리 싸우게 하겠노라며 그 일을 맡겨 달라고 청했다. 사람들이 서로에게 분노하도록 해 모두를 파멸시키겠다는 것이었다.

그 다음으로 '육욕'이 와서 자기가 가겠노라고 나섰다. 정신을 타락시키고 사랑을 사라지게 해 모든 사람들을 짐승으로 바꾸겠노라고 했다. 다음으로 '탐욕'이 입을 열더니 감정 중에서 가장 파괴적인 감정인 무절제한 욕망으로 인류를 멸망시키겠노라고 했다. '폭식과 폭음'은 몸과 마음을 병들게 하여 파멸로 이끌겠노라고 했다. 나태, 증오, 시기도 각각 자신의 일을 하겠다고 나섰다.

악마는 누구에게도 만족하지 못했다. 그러나 바로 그때

마지막 부하가 도착했다.

그는 말했다.

"신이 바라는 모습에 대해 사람들과 설득력 있게 대화를 나눌 것입니다. 그들에게 정직해지고 깨끗해지고 용감해지려는 계획이 얼마나 훌륭한지를 이야기해 줄 것입니다. 바람직한 삶의 목적을 갖도록 격려할 것입니다!"

이 말에 악마는 어안이 벙벙했다.

그러나 부하는 말을 이었다.

"그러나 저는 그들에게 서두를 게 없다고 말하겠습니다. 모든 일은 내일 할 수 있다고요. 상황이 더 좋아지기를 기다렸다가 시작하라고 충고하겠습니다!"

그 말을 들은 악마는 명령했다.

"네가 세상에 가서 인류를 파멸시켜라!"

그 부하의 이름은 '늑장'이었다.

실패가 사용하는 가장 성공적인 전략은 늑장이다. 활동하며 생산하기에 지금이 가장 좋은 때다. 쉬운 일을 어려워 보이게 하고 싶으면, 계속 미루기만 하면 된다. 우리 모두는 도망자이며, 우리를 쫓는 사냥개는 바로 우리가 어제 하지 못한 일들이다.

발뺌한 의무는 갚지 않은 빚과 같아서, 뒤로 미루어질 뿐이며 결국은 다시 돌아와 청산해야 한다.

그럼에도 불구하고 사람들이 주저하는 이유는 무엇일까?

항상 '곧' 제대로 살 것이라며 벼르는 사람들이 있다. 상황이 변하기만을, 시간이 많아지기만을, 피로가 가시기만을, 승진하기만을, 안정되기만을, 기다리고 기다린다.

아름다운 앞날은 아무리 기다려도 오지 않는다. 바라기만 하고 당장 행동하지 않으면 금세 그 자리에 묶여 옴짝달싹 못 하게 될 것이다. 늑장을 부리는 사람이 얻을 수 있는 것은 나이밖에 없다. 내일로 미루고 싶은 것을 오늘 해야 한다.

우리는 가만히 앉아서 게으름에 속아서는 안 된다. 게으름에게 오늘을 넘겨주면 내일을 훔쳐가기 때문이다. 제자리 뛰기를 하고 있으면 모두들 당신을 지나쳐 갈 것이다. 끝맺지 않은 일을 영영 끄는 것은 얼마나 피곤한 일인가?

시간낭비가 버릇이 되면, 다른 사람의 시간까지 낭비하게 된다.

벤자민 프랭클린(Benjamin Franklin)은 "오늘의 하루는 내일의 이틀과 같다."는 명언을 남겼다.

언제든지 할 수 있다고 생각하면 끝내 하지 못한다. 삶은 마치 택시 같아서, 어디론가 가고 있든 가만히 서 있든 미터기는 계속 올라간다.

언덕에 올라야 한다면 언덕이 낮아지기를 기다리지 말아야 한다. 성공하지 못하는 사람은 제때에 한 발자국을 떼려 하지 않았기에 백 발자국을 걷게 된다. 미래에 할 행동도 가능하면 지금 결정해야 한다. 아무리 잘못된 결정도 빨리 내린 것이 마지막 순간에 내린 결정보다 보통은 낫기 때문이다.

한가하게 깽깽이나 켜고 다니는 사람은 오케스트라를 지휘할 수 없다. 즉시 확실한 행동을 취하지 않으면서 핑계와 변명을 일삼는 것은 그만두고 늑장을 떨쳐내야 한다.

어리석은 사람은 "나는 내일부터 살 거야."라고 말하지만, 내일도 이미 너무 늦었다. 현명한 사람은 어제 이미 살았기 때문이다.

아서 브리즈번(Arthur Brisbane)은 다음과 같이 말했다.

"어리석은 자가 얼마 안 되는 시간을 갖고 즐거워할 때, 나는 더 찾아 나설 것이다. 더 찾아내는 방법은 자투리 시간을 활용하는 것이다. 늘 시간을 죽이고 있는 사람은 자신의 기회를 죽이고 있는 것이다."

성공하는 사람은 다른 사람들이 엄두도 못 내는 일을 한다. 어리석은 사람이 막판에 가서야 할 일도 현명한 사람은 처음부터 한다. 바들바들 떨며 강둑에 서 있을 게 아니라, 당장 강에 뛰어들어 끝장내 버려야 한다. 내일은 이번 주에서 가장 바쁜 날이다.

거짓말은 다리가 없기에
다른 거짓말에 부축을 받아야 한다

있는 그대로 말해야 한다. 그리고 옳은 일을 해야 한다. 시작부터 뛰어나려고 전력을 다해야 한다. 뛰어난 만큼 값진 유산은 없다. 무슨 일을 하기로 작정하든, 삶의 질은 뛰어나기 위해 들이는 노력의 양에 비례한다.

삶에서 흥미로운 점은 최고만을 받겠다고 고집하면 대부분 최고를 받게 된다는 것이다.

어떤 일을 왜 잘못했는지 해명하기보다 제대로 하는 쪽이 빠르다. 그른 일을 하는 데는 옳은 방법이 없다. 조금 틀린 것과 딱 맞는 것, 제법 좋은 것과 가장 좋은 것, 보통과 뛰어남 사이에는 측정할 수 없는 차이가 있다.

우리는 매일 "왜 다른 사람이 아니라 내가 고용되어야 하는지?", "왜 내 경쟁자가 아닌 나와 거래를 해야 하는지?"를 자문해야 한다.

행동을 조심해야 한다. 버릇이 될 것이므로.

습관을 조심해야 한다. 인격이 될 것이므로.

인격을 조심해야 한다. 운명이 될 것이므로.

탁월하기 위해서는 솔직해져야 한다. 하얀 거짓말을 일삼는 사람은 금세 색맹이 된다. 진실을 비틀 때는 되돌아옴을 조심해야 한다. 다시 말하지만 거짓말은 다리가 없기에 혼자 설 수가 없어서 다른 거짓말에 부축을 받아야 한다. 반쪽자리 진실을 경계해야 한다. 자신이 가진 쪽이 틀린 반쪽일지도 모르니까.

자신의 인격을 결정하는 건 외부의 힘이 아니라 자기 자신이다. 다른 사람이 알지 못한다고 생각할 때 어떻게 행동하는지를 보면 그 사람의 인격을 알 수 있다.

성공과 뛰어남을 향한 경주에는 결승선이 없다. 명성보다는 인격에 관심을 가져야 한다. 인격이 자신의 진정한 모습이라면, 명성은 다른 사람들이 생각하는 자신의 모습에 지나지 않는다.

"훌륭한 사람은 틀림없이 더 훌륭해지며 나쁜 사람은 틀림없이 더 나빠진다."

악덕과 미덕, 시간, 이 세 가지는 결코 멈춰서 있지 않는다.

뛰어난 사람이 되기 위해서는……

사람들이 바보스럽다고 할 만큼 배려하며,

사람들이 위험하다고 할 만큼 도전하며,

사람들이 비현실적이라고 할 만큼 꿈꾸며,

사람들이 불가능하다고 할 만큼 열망해야 한다.

뛰어남은 전염된다. 뛰어남이라는 전염병을 퍼트려라!

솔직하게 말할 때마다 더 큰 성공에 한 발짝 다가가게 된다. 제아무리 작은 거짓말을 하더라도 그때마다 실패에 한 발짝 다가가게 된다.

난관과 비판은
언제나 따른다

한 여자가 남편을 따라 의사를 찾아갔다.

검진 후에 의사는 아내에게 혼자 상담실에 들어오라고
했다. 의사는 이렇게 말했다.

"부군께서는 극심한 스트레스에서 오는 심각한 병을 앓
고 계십니다. 이제부터 제가 말씀드리는 대로 하지 않으면
부군께서는 분명 돌아가실 겁니다. 앞으로는 매일 아침 몸
에 좋은 아침식사를 만들어 드리세요. 상냥하게 대하고,
항상 기분이 좋도록 해 드리세요. 점심으로는 영양가 있는
식사를 만들어 드리세요. 저녁으로도 특별히 좋은 식사를
준비하시고요. 힘든 하루를 보냈을 테니 집안일로 부담을
주지 마세요. 문제에 대해 상의하지도 마세요. 스트레스가
더 심해지기만 할 테니까요. 그리고 이게 제일 중요한데,
변덕을 모두 받아 주세요. 이렇게 열 달간 할 수 있다면 부

군께서는 완전히 건강을 회복하실 겁니다."

집에 오는 길에 남편이 아내에게 물었다.

"의사가 뭐래?"

"당신이 죽는대요."

위대한 아이디어에는 늘 논쟁이 따른다. 바꾸어 말하면, 무슨 일을 이루고자 하든 늘 난관과 비판이 따르게 마련 이다.

오늘, 비판의 목소리가 아무리 시끄러워도 내 꿈을 포기 하지는 않겠노라고 결단을 내려야 한다.

뛰어난 아이디어에는 사람들이 아래의 순서대로 반응 한다.

1. "그건 불가능해. 시간과 돈을 낭비하지 마."

2. "가능하긴 하지만 그 가치에는 한계가 있지."

3. "내가 처음부터 좋은 아이디어라고 했잖아."

반대하고 비판하는 사람들은 당면한 문제를 해결하는 데 는 전혀 관심이 없고, 더 나은 해결책을 제시하지도 않는 다. 마치 자기는 팔이 없으면서 남들에게 던지는 방법을 가르치려 하는 꼴이다.

머리가 남들 위로 삐죽 나온다면 칭찬받기보다는 비판받을 것이다. 비평가의 동상을 세우는 사람은 없지 않은가?

성공을 헐뜯는 모양을 보면 백이면 백 실패자를 분간할 수 있다. 할 수 있는 사람은 행하고, 못 하는 사람은 헐뜯는다. 공이 이상한 곳으로 튀었다며 불평하는 것은 거의가 공을 떨어뜨린 사람들이다.

나뭇가지와 돌을 맞는 것은 과일이 열린 나무뿐이다. 행동하는 사람들이 없다면 비평가들은 금세 실업자가 될 것이다. 실패자들이 성공을 향해 던지는 돌은 시기심으로 만들어진다. 비평가는 자기가 길을 안다고 생각하지만 정작 운전은 못 한다.

작은 인물이 가장 먼저 나서서 큰 아이디어를 비난한다.

사람들이 당신에 대해 부정적으로 말한다면, 아무도 그 사람들 말을 믿지 않도록 살고 또 일해야 한다. 비판을 두려워하면 실패는 불을 보듯 뻔하다. 비판을 막으려면 아무것도 하지 않고 아무것도 되지 않는 수밖에 없다.

비판을 두려워해서는 큰일을 해낼 수 없다. 성공하는 사람은 남들이 자기에게 던지는 돌을 쌓아 굳건한 토대를 만들 수 있는 사람이다.

　당신에게 남을 헐뜯는 사람은, 남에게 당신을 헐뜯을 것이다. 누가 당신을 업신여긴다면, 당신을 자기 수준으로 끌어내리려 하는 데 지나지 않는다. 비판하는 사람들은 발밑의 흙을 당신에게 던지느라 오히려 자기가 설 자리를 잃고 있는 것이다.

지금 바로
행동에 옮겨야 한다

사람들은 당신의 의도가 아니라 행동을 보고 당신을 평가한다. 속마음은 황금색일 수도 있지만, 그건 계란도 마찬가지다.

수천 마디의 말도 한 번의 행동만큼 오랜 인상을 남기지 못한다. 좋은 의도를 훌륭한 행동으로 연결시켜야 한다. 무언가를 행동에 옮기지 않는다면 진정으로 그것을 믿지 않는 것이다.

어떤 사람들은 옳은 일을 찾아 헤매느라 시간을 다 써버려서 정작 그것을 행동에 옮길 시간이 없다. 옳은 일임을 알면서도 하지 않는 것은 그른 일이다. 인생이라는 소설은 펜으로 쓰는 게 아니라 행동으로 쓰는 것이다. 아무것도 하지 않으면 별것 아닌 사람이 된다.

의욕이 행동으로 이어진다는 것이 통념이지만, 오히려

거꾸로다. 행동이 의욕에 앞선다.

의욕이 생길 때까지 기다리지 말고 행동부터 취해야 한다. 황소가 살려 달라며 울부짖을 때까지 뿔을 붙들고 놓지 말아야 한다.

게으름은 짐이다. 기대는 일하지 않는 자의 소득이다. 얄궂게도 게으름은 끈질기다. 끈질기게 들러붙지만, 버텨내면 금세 바닥을 드러낸다. 쉽게 먹고 살 방법을 찾는 것이 알고 보면 가장 힘든 일이다.

게으름에는 천 가지 문제가 따른다는 말이 있다. 아무 대가도 치르지 않고 무언가를 얻으려고 할 때가 바로, 우리가 가장 나약할 때이다.

게으름을 멀리해야 한다. 게으름은 가장 반짝이는 금속에 스는 녹이다. 헨리 포드는 "앞으로 하려는 일을 갖고는 명성을 얻을 수 없다."라고 했다.

우리는 전서구와 딱따구리를 본받아서, 소식을 전할 뿐 아니라 문도 두드려야 한다.

우리는 미완의 세상에 태어났기에 창조의 기쁨과 만족감을 맛볼 수 있다. 우리 모두는 창의성을 타고났다. 자신이 지닌 창조의 힘을 사용하지 않는다면 인생을 제대로 살지 못하는 것이다.

케빈 코스트너는 "나는 꿈을 참 좋아한다. 그러나 불행히도, 인생 최초의 희생양이 바로 꿈이다. 사람들은 '현실'을 위해 무엇보다도 먼저 꿈을 버리기 때문이다."라고 말했다.

길게 보면, 실제적인 목표를 지닌 현실적인 사람들보다 꿈을 추구하는 사람들이 오히려 실제적이고 현실적이다.

당신에게 필요한 것은 아이디어다. 용기를 갖고 창의적인 삶을 살아야 한다. 말만 하고 행동하지 않는 사람은 잡초가 가득한 화단과 같다. 꿈 주변에 잡초가 자라나면 바로 뽑아 버려야 한다. 미래의 자신에 대해 꿈만 꾸고 있으면, 지금의 자신을 낭비하는 것이다. 큰 성공을 꿈만 꾸고 있지 말고, 깨어나서 행동에 옮겨야 한다.

행동하면 두려움이 잦아든다. 두려움에 맞서면 두려움을 지배할 수 있으며, 문제와 맞붙어 싸우면 문제는 우리를 휘어잡고 있던 손을 놓는다. 용기를 내서 두려워하는 것에 맞서면, 자유로 가는 문이 열린다.

웃음이야말로
최고의 성형수술이다

　아내와 함께 한 패스트푸드점에서 커피를 한잔 마시기로 했다. 우리가 안으로 들어서자, 한 여직원이 생글생글 웃으며 친절하고 유쾌하게 인사했다. 우리는 여직원의 이빨이 단 한 개밖에 없다는 것을 금세 알아차렸다. 가운데에 윗니 한 개. 나는 참 재미있구나 하고 생각했다. 이빨이 하나밖에 없는데도 사람을 가까운 곳에서 접할 일이 많은 일을 하고 있잖아. 생글생글 웃고, 일도 잘 하고.

　그러고 나서 나는 그 여직원이 달고 있던 단추에 눈길이 갔다. 단추에는 "미소는 우리가 매일 줄 수 있는 선물입니다."라고 쓰여 있었다.

　이 얼마나 심오한 장면인가. 감탄한 나머지 나는 여직원에게 단추를 칭찬해주고 진심으로 미소가 참 예쁘다고 말해주었다. 그런 말을 들은 적이 있긴 할지 궁금했다.

여직원이 다시 우리 테이블로 왔을 때, 자기 아버지가 단추에 직접 손 글씨를 썼다고 말해주었다.

"아버지는 산재로 손가락을 잃으셨어요. 그런 다음에 손 글씨를 시작하기로 결심하셨죠!"

오히려 글씨가 사고 전보다 나아졌다고 한다.

바로 그런 아버지 손에 자랐기 때문에 이빨이 한 개뿐인데도 웃을 수 있는 것인지도 모르겠다.

열정은 모든 것을 바꾼다. 하루의 길이를 바꿀 수는 없지만, 즐거움과 열정을 더함으로써 하루가 발휘하는 위력을 바꿀 수는 있다. 열정을 갖고 삶을 대하면, 삶도 열정을 갖고 우리를 대한다.

열정과 끈기를 지니면 예사 사람도 뛰어나지며, 무관심하고 무기력하면 뛰어난 사람도 예사로워진다. 즐거움을 미루지 말아야 한다. 오히려 등 뒤가 죄다 벽으로 막혔는데도 웃고 있는 모나리자처럼 살아야 한다.

밤에 파김치가 되었다면, 하루 종일 팍팍하게 살았기 때문인지도 모른다. 자기 처지에 웃을 줄 알아야 한다. 유머 감각이 있으면 다른 사람은 몰라도 자기만큼은 지루할 틈이 없다.

신은 모든 것을 창조하셨지만, 그중에서도 웃음을 창조하신 것이 가장 감사할 일일 것이다.

유머감각은 인생길에서 자동차의 충격흡수장치와 같은 역할을 한다. 울퉁불퉁한 길에서 얼마나 고마운 존재인지 알아야 한다.

남들에게 영향을 미치기 위해 할 수 있는 일 중 단연 가장 위력적인 것이 바로 웃어주는 것이다. 웃음을 띠지 않았다면 옷을 다 입지 않은 것과 마찬가지다.

미소 짓는 얼굴은 자산이고 찡그린 얼굴은 빚이다. 쓴웃음 지으며 꾹 참는 사람이 있는가 하면, 미소 지으며 변화를 일으키는 사람도 있다. 미소 짓는 것, 즉 열정을 품고 기분 좋게 사는 것은 늘 결과가 아니라 선택의 문제다. 미소를 띠면 자신의 성품이 좋아지고, 자신에 대한 다른 사람의 생각도 좋아진다.

열정과 비관은 둘 다 전염된다. 우리는 무엇을 얼마나 전염시키고 있는가? 남들은 우리의 자세를 보고 우리를 어떻게 대하면 될지 알게 된다. 하루에 한 번씩 웃으면 나쁜 것이 얼씬하지 못한다.

긍정적인 사고를 하는 사람 앞에서는 무관심하고 미적지근한 태도를 유지하기가 어렵다.

무한한 열정을 품으면 무슨 일을 하든지 성공할 수 있다.

"내 경험에 따르면 기분이 나쁠 때는 창의적인 일을 할 수가 없다."라고 아인슈타인이 말했다.

열정이 있으면 삶에 대해 균형 잡힌 관점을 취할 수 있다.

헬렌 켈러는 "항상 햇빛이 오는 쪽을 보고 있으면 그림자가 보이지 않는다."고 했다.

미소는 삶을 공략할 때 강력하고도 확실한 무기가 된다.

큰 성공은 하나같이 열정으로써 이루어진다. 열정이 지나쳐서 놓치는 기회가 한 번이라면, 열정이 모자라서 놓치는 기회는 백 번이다. 뭐든지 재미있게 하지 않는다면 성공하기란 거의 불가능하다.

어제의 꿈이 오늘의 희망이며,
내일의 현실이다

사람들은 거의 항상, 자기에게 꼭 맞는 크기의 문제를 고르고, 더 작거나 큰 것은 무시하거나 다른 사람에게 남겨준다.

자기보다 더 큰 문제를 골라야 한다. 어느 분야에서든 진정한 성공을 거두려면, 투자하고 싶은 만큼보다는 더 투자해야 한다. 그러나 자기 능력을 넘어서 투자하지는 않아도 된다.

크고 고귀한 꿈의 반대편에는 늘 안전하고 싶은 욕망이 자리한다. 안전은 정체로 가는 첫 걸음이다. 대담한 비전을 갖는 것이 첫째로, 둘째로, 또 셋째로 중요하다. 도전하지 않는다면 아무것도 기대해서는 안 된다.

지금까지 한 일에 만족하는 사람은 결코 장차 할 일로 인해 유명해질 수가 없다. 계획한 일을 모두 해냈다면 계획이 모자랐던 것이다.

뜻깊은 일을 해야 한다. 자신에게 맞는 일을 해야 한다. 삶의 한 조각과 선뜻 바꿀 수 있는 목표를 택해야 한다.

무슨 일이든 불가능하다고 단정해서는 안 된다. 어제의 꿈이 오늘의 희망이며, 내일의 현실이기 때문이다.

위대한 업적도 모두 처음에는 불가능했고, 이루어지고 나서야 비로소 보통 사람의 눈에 가능해 보인다.

생각이 좁은 사람에게는 모든 것이 태산 같다.

원대한 일은 경쟁자가 거의 없으므로 어찌 보면 가장 하기가 쉽다.

자기 자신에게 완전히 만족하면, 발전도 곧 멈춘다. 자기 자신에 만족한다면 이상(理想)을 바꾸는 것이 좋다. 꿈을 이루기 위해 도전해본 적이 없으면, 평생을 무력한 후회 속에 살게 된다. 꿈도 꾸지 못한 성공을 거두려면 터무니없는 꿈을 꿔야 한다.

(안전지대)
내겐 안전지대가 있었네.
잘못될 수가 없는 곳
바쁜 일로 이루어진 네 개의 벽은

실은 감옥 같았네.
해본 적이 없는 일을 해보기를
나는 간절히 바랐네.
그러나 안전지대 안에서
나는 안절부절못하기만 했지

하는 일이 없어도
나는 괜찮다 하였네.
꿈이나 목표 같은 그런 것
나는 괘념치 않는다 하였네.

안전지역 안의 일만으로도
나는 너무 바쁘다 하였네.
그러나 마음속 깊은 곳에선
나만의 특별한 것을 바라마지 않네.

남들이 이기는 걸 지켜보면서
삶이 흘러가도록 할 수 없었네.
큰마음 먹고 밖으로 나와
변화를 마주했네.

한 발자국 나와
전에 없던 새로운 힘을 내어
안전지대에 작별을 고하고
문을 닫아걸었네.

안전지대에 있다면
감히 밖으로 나서길
승자는 모두 한때
의심으로 가득했음을 기억하길

신념의 한 발자국으로
꿈을 이룰 수 있으리니
웃음으로 미래를 맞으면
성공이 눈앞에 있으리니!

행복해지는 가장 확실한 방법은 자기보다 더 큰 대의에
몸 바치는 것이다. 자기 너머에 있는 무언가를 향해 손을
뻗지 않으면 불행해진다. 지금 당장, 계획을 크게 세워야
한다.

자기 자신이
되어야 한다

세상에서 입신양명하고 싶다면 자기 자신이 되어야 한다. 진정한 자신의 모습을 찾아야 한다. 그것이 지금의 자신보다 더 나아지기 위한 첫 단계이다.

나와 당신은 평등하게 태어났지만 또한 다르기도 하다.

제자리를 찾지 못한 사람은 완벽하게 성공할 수 없다. 사람은 마치 기관차처럼, 선로 위에서는 강하지만 선로를 벗어나면 약하기 때문이다.

자기 자신이 되어야 한다. 무리를 따르지 말아야 한다. 열차의 마지막 칸이 아닌 기관차가 되어야 한다.

모방해서 성공하느니 독창하다가 실패하는 것이 낫다. 평범한 사람은 다르기보다는 차라리 틀리는 쪽을 택한다.

다른 사람을 따르면 성장하고 만족할 수 없다. 당신은 어차피 남과 다를 수밖에 없다. 과감히 차이를 인정하고 자기만의 별을 좇아야 한다.

이렇게 자문해 보아야 한다. 내가 그 사람처럼 되려고 한다면, 누가 나처럼 되겠는가? 내가 나이지 않겠다면 누가 될 것인가? 자신의 잠재력을 이끌어낼수록 당신은 다른 사람과는 덜 비슷해질 것이다. 다른 사람처럼 되려고 하는 이상, 아무리 잘해봤자 두 번째일 뿐이다.

다른 사람처럼 되려고 하는 것은 자멸과 다름없다. 삶의 주목적 중 하나는 자기 자신을 낳는 것이다.

다른 사람의 길을 따라가면 자기 목적지에는 도달할 수 없다. 다른 사람의 발자국이 보이는 곳만 걷는다면 혼자서는 새로운 발견을 하지 못한다.

이미 있는 길을 따라가지 말고, 길이 없는 곳으로 가서 오솔길을 만들어야 한다.

자기가 아닌 누군가가 되려고, 하지 말아야 할 것을 하려고 끊임없이 분투하며 살지는 말자.

"자기 모습에 가까워질수록 다른 사람의 모습과는 멀어진다."

월트 디즈니의 말이다.

우리는 나무와 같아서, 우리 안에 숨어 있는 열매를 맺어야만 한다.

평범해지지 말아야 한다. 평범한 자는 아무 데도 가지 못한다. 승리하려면 비범해야 한다. 우리의 임무는 자신을 개조하는 것이 아니라 창조된 그대로의 자신을 최대한 활용하는 것이다. 자신을 낮추지 말아야 한다. 당신에게는 당신뿐이다.

남을 돕는 것이
자기 자신을 돕는 것이다

　루즈벨트는 "마음을 써야 한다는 것을 모르면, 아무리 지식이 있어도 사람들에게 마음을 쓰지 못한다."고 말했다.
　삶은 테니스 경기와 비슷해서 서비스를 잘못하면 지는 것이다.

　한 남자가 카를 메닝거 박사에게 물었다.
　"누군가가 신경쇠약에 걸릴 것 같다고 한다면 뭐라고 조언하시겠어요?"
　대부분의 사람들은 박사가 "정신과에 가서 진찰을 받으세요."라고 말할 것으로 예상했다.
　그러나 박사는 놀랍게도 "대문을 열고 기찻길을 건너 도움을 필요로 하는 사람을 찾아 도움을 줘보세요." 하고 말했다.

다른 사람을 위하지 않는 삶은 가치가 없다. 자기중심적인 삶은 완전히 공허하다. 인생에서 자기 몫인 땅에 불만을 갖고 있다면 그 땅에 봉사할 시설을 지어야 한다.

자신의 곤경을 잊는 좋은 방법은 다른 사람이 곤경을 벗어나도록 도와주는 것이다.

사람들을 섬긴다는 것은 이타적인 일만은 아니다. 베푸는 사람도 늘 무언가 받기 때문이다.

잠언에도 그런 말이 있다.

"인자한 자는 자신의 영혼을 이롭게 하고 잔인한 자는 자신의 영혼을 해롭게 하느니라."

이 땅에서 삶을 마감하려 할 때 우리는 어떤 질문을 받게 될까?

그 질문은 얼마나 갖고 있느냐가 아니라 얼마나 주었느냐일 것이다. 얼마나 얻었느냐가 아니라 얼마나 베풀었느냐일 것이다.

얼마나 아꼈느냐가 아니라 얼마나 희생했느냐일 것이다. 얼마나 존경받았느냐가 아니라 얼마나 사랑하고 섬기었느냐일 것이다.

얻을 방법을 찾기 전에 베풀 방법을 찾아야 한다. 이기심이야말로 인류가 받은 가장 무서운 저주다. 이기주의는 다른 사람들을 태우고 자신까지 집어삼키는 화마(火魔)이다.

삶을 평가하는 기준은 얼마나 오래 살았느냐가 아니라 얼마나 세상에 기여했느냐이다. 모든 사람은 남을 섬길 수 있고 위대해질 수 있다.또한 다른 사람을 섬기면 삶에 의미가 생긴다. 남을 도우면 자기 자신을 돕는 셈이다.

"한 가지 확실한 것은 진정 행복할 수 있는 사람은 다른 사람을 섬길 방법을 찾아낸 사람들이죠."

알베르트 아인슈타인이 한 말이다.

(내 안의 추위)
여섯 사람이 생각지도 않게
어둡고 쓰라린 추위에 발이 묶였네.
한 사람이 나뭇가지 하나씩
갖고 있었다 하네.

죽어가는 불씨에 나무가 필요하나,
첫 번째 여자는 자기 나무를 숨겼네.
둘러앉은 얼굴 중에
흑인이 보였기에

다음 남자, 맞은편에서
다른 종파 사람을 보고
차마 자신의 자작나무를
땔감으로 내지 못하네.

누더기를 입은 세 번째 남자
웃옷을 홱 여미네.
왜 내 나무로 지핀 불을
게으른 부자들이 쬐어야 하나?

부유한 남자는 물러나 앉아
쌓아둔 재산을 생각하네.
게으르고 무기력한 가난뱅이에게서
내가 번 것 어떻게 지켜야 할지를

흑인의 얼굴에는 앙심이 어려
불씨가 눈앞에서 사그라질 때
자기 나무로써
백인을 다치게 할 생각뿐이네

비참한 여섯 중 마지막 사람
득이 없는 일은 하지 않네.
주는 사람에게만 주는 것,
그것이 이 사람이 사는 방법

죽음의 조용한 손에 들린 나무
인간이 저지른 죄의 증표
그들은 밖의 추위가 아니라
안의 추위로써 죽었다네.

우리의 불행은 대부분 이기심에서 비롯된다. 자신이 원하는 것만 생각할 것이 아니라 다른 사람이 원하는 것을 생각해야 한다. 다른 사람이 성공하도록 도움으로써 가장 빨리 성공할 수 있다는 것은 절대적인 진리이다.

삶의 목적은
창조하는 것이다

　남들이 무슨 일을 하고 안 하는지를 보고 자기 성공을 판단하지 말아야 한다. 비교는 결코 공정하지 않다. 사람들은 먼저 하는 사람과 따라 하는 사람, 두 가지 부류로 나뉜다. 자기가 원하는 것이 무엇인지를 남들에게 듣지 말아야 한다. 성공에 대한 다른 사람의 정의를 빌려 쓰지 말아야 한다.

　다른 사람의 신념이나 경험을 토대로 자신의 운명을 쌓아올릴 수는 없다.

　할아버지 키가 얼마나 크든 자기 키는 알아서 자라야 한다는 속담도 있지 않던가.

　성공하는 사람들은 남들이 무슨 생각을 하든지 거의 신경 쓰지 않는다. 그러나 남들이 우리를 어떻게 생각할까 하는 걱정을 덜기 위해서는, 남들이 우리 생각을 거의 안

한다는 점을 알아야 한다. 남들은 보통 우리 생각을 하고 있는 게 아니라 우리가 자기들을 어떻게 생각할지 걱정하고 있는 것이다. 남들을 기준으로 자신을 평가하고 비교하는 것은 심각한 에너지 낭비다. 그런 생각을 품으면 발전이 멎고 앞으로 나아가지 못하게 된다.

자기가 보통 사람보다 잘하고 있다고 생각하는 사람은 보통 사람이다. 도대체 왜 보통밖에 안 되는 사람과 자기를 비교하려 하는가? 남의 인생은 살 줄 알면서 정작 자기 인생은 살 줄 모르는 사람이 너무 많다. 다른 사람과 자신을 비교하기를 그만두어야 한다. 성공하고 싶으면 다음 전략을 참고해야 한다.

1. 경영진과 상의해야 한다. 그들이 그 아이디어를 싫어하면 강행하고, 좋아하면 재고해야 한다.

2. 시장 분석가를 고용해야 한다. 그들이 그 아이디어가 실패할 거라고 하면 성공한다고 생각해야 한다.

3. 자기 아이디어에 돈이 얼마나 들지 따지지 말고, 그 아이디어로 돈을 얼마나 벌지 걱정하지 말아야 한다.

4. 아는 사람들(동료, 동업자, 친구, 가족)이 그 아이디어가 말도 안 된다고 하면, 확실한 히트 상품이 손에 있는 것이

므로 밀고 나가야 한다.

고등학교를 중퇴한 데다 사업 감각이라고는 없다시피 했던 이류 화가가 이 전략을 택해서, 끝내는 사상 최대의 엔터테인먼트 왕국을 건립했다. 바로 월트 디즈니다.

비교는 좌절로 가는 확실한 길이며, 비교로는 아무것도 증명되지 않는다.

자신의 자리와 계획을 남들과 비교하는 것은 얼마나 큰 자원 낭비인가! 다른 사람 인생에서 일어나는 일은 내 인생에서 일어나는 일에 아무런 영향을 미치지 않는다. 나는 서너 해 동안 연락하지 않고 지낸 친구에게 최근 연락을 받고 놀랐다. 그 친구는 내가 성공하는 바람에 자기 삶이 우울해졌다고 말했다. 나는 친구의 말이 도통 이해가 되지 않아 되물었다. 그러면 내가 지난 서너 해 동안 지독하게 실패했다면 기분이 훨씬 나았을 거란 말이냐고. 물론 친구는 아니라고 했다. 그러나 이 이야기는 서로 모순되는 사실을 짚어준다. 다른 사람 삶에서 무슨 일이 일어나는지는 자기 삶을 얼마나 잘사는지, 아니면 잘못 살고 있는지에 대한 근거가 되지 않는 것이다.

삶은 다른 사람의 점수를 기록하지 않을 때 더 재미있다.

성공은 다른 사람이 무슨 일을 할지 걱정하는 게 아니라, 그저 자기 일을 최고로 잘해내는지의 문제다. 성공과 실패는 우리에게 이미 내재해 있으며 바깥 상황에 달려 있는 것이 아니다.

자신이 삶에서 진정 원하는 것을 따라 움직이는가, 아니면 대중을 따라 움직이는가? 다른 사람이 내게 원하는 것이 무엇인지가 아니라 자기 자신이 진정 원하는 것이 무엇인지를 정해야 한다.

"나는 잘하긴 하지만, 아직 내 능력을 다 발휘하진 않았어." 하고 말하는가, 아니면 다른 사람과 비교를 하고 "나보다 못한 사람도 많아."라고 말하는가?

다른 사람의 약점에 대해 오래 생각할수록 자기 마음에도 불행이 깃든다. 자신만의 방식과 계획을 만들지 않으면 다른 사람의 것에 끌려가게 된다. 비교하지 말아야 한다.

어리석은 말은 천 명이 한다 해도 어리석다는 건 변함없다. 결코 다수결의 문제가 아니다. 현명한 자는 자기 결정을 자기가 내리고, 무지한 자는 다수를 따른다. 잘 다져진 길이라 해서 꼭 옳은 길이리라 확신하지는 말아야 한다. 삶에서 가장 위험한 일은 다른 사람이 내 안전을 책임져 주기를 기다리고 기대하는 것이다.

다른 사람들이 정한 자기 모습을 뿌리부터 철저히 거부해야만 비로소 진정한 자기 모습을 찾을 수 있다. 모든 이에게 맞도록 자기 자신을 다듬는 사람은 금세 스스로를 깎아 없애게 된다. 그러므로 자신의 자리와 계획을 남들과 비교하지 말아야 한다.

사람은 누구나 믿음과 죽음 두 가지만큼은 혼자서 해야 한다. 자신을 다른 사람과 비교하면 씁쓸해지거나 우쭐해진다. 자신보다 더 잘났거나 못난 사람은 늘 있기 마련이기 때문이다.

Part 6

베풂과 섬김의
레시피

진정으로 섬기는 자는, 남들이 자신의 재능과 소명, 능력과 힘을 발견하도록 이끌어 의욕을 불어넣는다. 지도자의 존재 이유는, 남들이 지금 있는 곳에서 아직 가보지 못한 곳에 이르도록 돕는 것이다.

　세상에서 긍정적인 격려보다 더 강력한 것은 몇 가지밖에 없다. 미소, 낙관적이고 희망적인 말 한 마디, 그리고 힘든 때의 "할 수 있다"라는 한 마디가 그것이다.

　남들을 칭찬함으로써 도움을 줄 방법을 찾아야 한다. 지금부터, 성공적인 삶을 정의할 때는 늘 다른 사람에 대한 섬김이 포함되어야만 한다.

침묵은
결코 배신하지 않는 친구다

사업차 비행기를 탈 일이 많은 젊은 여자가 있었다. 여자는 비행기를 타면 너무 긴장돼서, 늘 성경을 갖고 다녔다. 오랜 비행에서는 성경을 읽으면 긴장이 풀렸기 때문이다.

한 번은 어떤 사업가 옆 자리에 앉게 되었다. 그 남자는 여자가 성경을 꺼내는 걸 보더니 능글맞게 웃으며 다시 하던 일을 했다.

조금 후에 남자가 여자에게 물었다.

"정말 거기 있는 내용을 다 믿는 건 아니죠?"

"물론 믿죠. 성경인걸요."

여자가 대답했다.

"그럼 고래 뱃속에 들어갔다는 그 남자는요?"

남자가 물었다.

"아, 요나 말씀이시군요. 믿죠. 성경에 있으니까요."

"그 사람은 고래 뱃속에서 어찌 그리 오래 살아 있었답니까?"

"저도 잘은 몰라요. 제가 천국에 가면 물어봐야겠네요."

"천국에 못 갔다면 어쩌죠?"

남자가 비꼬듯 물었다.

"그럼 직접 물어보시면 되겠네요."

입술과 혀를 조심해야 곤경에서 목숨을 건진다.

이 얼마나 좋은 말인가! 사람은 침묵을 보면 알 수 있다. 입 다물고 있을 소중한 기회를 놓치지 말고 다른 사람의 말을 들어야 한다. 할 말이 없으면 말을 하지 말아야 한다.

남들을 설득하는 가장 좋은 방법은, 그들의 이야기를 들어주는 것이다. 수다쟁이는 당신에게 남에 대한 이야기를 하고, 재미없는 사람은 당신에게 자기에 대한 이야기를 하며, 훌륭한 이야기꾼은 당신에게 당신에 대한 이야기를 하고, 당신이 하는 이야기를 들어준다.

말을 하는 동안은 아무것도 배우지 못한다. 오히려 많이 말할수록 사람들은 기억을 못 한다. 말에 있어서만큼은, 주는 것보다 받는 것이 늘 더 큰 축복이다.

말수가 적고 마음이 고요한 자는 현명한 사람이다. 그러므로 미련한 자라도 잠잠하면 지혜로운 자로 여겨지고 입술을 닫으면 자신에게도 이롭다.

말은 공급이 수요보다 크기 때문에 싸다. 입을 닫고 있을 기회가 오면 그 기회를 모두 이용해야 한다.

신께서 귀는 열려 있도록 입은 닫히도록 만드신 데는 분명 이유가 있을 터이다. 사람은 나이가 들고 현명해질수록 말수는 줄어들지만 더 많은 것을 말한다.

귀 기울일 줄을 알아야 한다. 때로는 기회가 변장을 하고 아주 작은 소리로 문을 두드리기도 한다.

너무 말이 많으면 늘 실언이 있게 마련이다. 말 잘하는 사람이 되기 위한 규칙은, 귀 기울일 줄 아는 것, 단 한 가지밖에 없다. 잘 듣는 사람이 되어야 한다. 입이면 몰라도 귀 때문에 골치 아파질 일은 결코 없을 것이다.

삶에서 실천할 수 있는 가장 강력한 원칙 중 하나가, 남에게 귀 기울이는 원칙이다. 말이 많으면 허물을 면하기 어려우나 혀를 통제하는 사람은 지혜가 있는 것이다.

우리가 기를 수 있는 가장 훌륭한 능력은 다른 사람의 이야기를 듣는 능력이다. 우리가 기를 수 있는 두 번째로 훌

룽한 능력은 다른 사람이 자기 이야기를 듣게 하는 능력이다.

위대한 사람은 모두
누군가의 도움을 받고 있다

　미국 해군 사관학교 졸업생인 찰스 플럼은 베트남 전쟁 때 제트기 조종사였다. 75차례의 전투 임무 중에, 그의 비행기는 지대공 미사일에 파괴되었다. 플럼은 긴급 탈출을 해서 낙하했지만, 사로잡혀 비엣꽁의 교도소에서 6년 동안 수감 생활을 했다. 그는 그 시련을 이겨내고 그 경험을 통해 얻은 교훈에 대해 강연을 하고 있었다.

　하루는 플럼이 자기 아내와 함께 식당에 앉아 있는데, 다른 테이블에 앉아 있던 한 남자가 다가와서는 이렇게 말했다.

　"플럼 아닙니까! 베트남 키티 호크 항공모함에서 제트 전투기를 조종했었죠! 그러다 격추당했고요!"

　"도대체 어떻게 그걸 아셨습니까?"

　플럼이 물었다.

"제가 당신 낙하산을 꾸렸거든요."

남자가 답했다.

플럼은 놀라움과 고마움에 숨이 막힐 정도였다.

남자는 플럼의 손을 잡고서 말했다.

"낙하산이 잘 작동한 모양이군요!"

플럼은 긍정했다.

"물론 작동했죠. 낙하산이 작동하지 않았으면 저는 지금 여기 있지 못할 겁니다."

플럼은 그날 밤 그 남자를 생각하며 잠을 이루지 못했다. 계속해서 해군 제복을 입은 그 남자를 상상하려 애썼다. 그 남자를 보고서도 "안녕하세요."라든지 "오늘은 어떠세요?"라고 인사하지 않은 것이 몇 번이나 되었을지 생각했다. 자기는 전투기 조종사고 그는 선원에 지나지 않는다는 이유로 말이다. 플럼은 그 선원이, 알지도 못하는 사람의 운명을 손에 쥔 채, 배 밑에서 낙하산 끈을 손질하고 천을 개키며 보냈을 수많은 시간을 떠올렸다.

이제 플럼은 강연을 듣는 청중에게 이렇게 묻는다.

"누가 여러분의 낙하산을 꾸리고 있습니까?"

우리 모두에게는 하루를 살아가는 데 필요한 것을 공급

해 주는 사람이 있다.

혼자서 성공하는 사람은 없다. 감사하는 마음을 갖고, 도움을 주는 사람을 바로 인정해야 한다. 울타리를 쳐서 남들이 들어오지 못하게 막으면 자기도 나가지 못한다. '자수성가' 한 사람은 없다. 우리는 모두 수천 명의 남으로 이루어져 있다. 자기 혼자 자기만을 위해 일하는 사람은, 바로 자기 자신으로 인해 타락하기 쉽다. 우리에게 친절한 행동을 해주었거나 격려의 말을 해준 모든 사람이 우리의 인격과 생각, 그리고 나아가 성공이 만들어지는 데 개입한 것이다.

자기 머리만 이용할 것이 아니라, 빌릴 수 있는 머리가 있으면 모두 이용해야 한다.

누군가에게 없어서는 안 될 존재가 되어야 한다. 자기 실수가 남의 탓이라고 한다면, 자기 성공도 남의 덕분이라 할 것인가?

유능한 사람 뒤에는 늘 다른 유능한 사람들이 있다.

남들과 함께 일해야 한다. 무리에게서 떨어질 때마다 껍질이 벗겨져 먹혀 버리는 바나나를 떠올려야 한다.

터널 시야로 보면 자기가 가장 열심히 하는 것 같아 보인다. 터널 시야는 팀워크의 적이며, 분열과 분쟁을 부른다.

모두 함께 든다면 무거운 짐은 없다.

얼굴 주위에 있는 기미도 모이고 모이면 보기 좋게 탄 피부로 보일 것이다.

자기밖에 믿지 않는 사람은 아주 작은 세상에 사는 것이다. 자신을 찬양하는 노래를 부르는 사람은, 음은 맞을지 모르나 가사가 틀린 셈이다. 더 높은 자리에 올라갈수록 다른 사람에게 더 의존하게 될 것이다. 자만하는 사람은 이미 다 왔다고 생각하므로 아무 곳에도 갈 수가 없다. 위대한 사람은 모두 누군가의 도움을 받고 있다.

견실한 인간관계 없이는 지속적인 성공을 누릴 수 없다. 마음이 잘 맞는 팀이 힘을 합쳐 노력하면, 어느 누구도 혼자서 당해낼 수가 없다.

미래를 이야기하는 사람은
성장한다

19세기 후반 감리교 총회에서 한 리더가 일어서서 자신이 생각하는 교단과 사회 전반의 미래상에 대해 이야기했다. 그는 목사들과 전도사들에게, 인간이 언젠가는 말을 타고 이동하는 것이 아니라 날아서 이동할 수 있을 것이라고 말했다. 청중들은 그 생각이 너무 기이하게 여겨져 받아들일 수가 없었다.

성직자 중 한 사람인 라이트 주교가 일어서서 화를 내며 소리쳤다.

"이단이오! 날아다닌다는 건 천사들만이 할 수 있는 일이오!"

이어서 그는 사람이 나는 것이 신의 뜻이었다면, 사람에게 날개를 주셨을 것이라고도 했다. 그 사람이 상상한 미래를 그 성직자는 상상도 할 수 없었던 것이다.

라이트 주교는 말을 마치고는 두 아들 오빌과 윌버를 데리고 강당을 나갔다.

그렇다. 주교의 아들은 오빌 라이트와 윌버 라이트였다. 몇 년 후인 1903년 12월 17일, 라이트 형제는 아버지가 불가능하다고 한 일을 해냈다. 인류 최초의 네 번의 비행에 성공한 것이다.

어제는 지난밤으로 끝났다. 그러기에 오늘은 뒤돌아보며 후회하기보다는 앞을 내다보고 준비하는 것이 더 값지다.

후회는 뒤를 돌아본다. 걱정은 주위를 둘러본다. 비전은 위를 올려다본다. 인생을 이해할 때는 뒤를 향해도 되지만 살아가고자 할 때는 앞을 향해야 한다. 지난날의 역사만 중요하다면, 세상에 성공한 사람이라고는 도서관 사서(司書)밖에 없을 것이다. 지난날을 돌아볼 때는 좋은 것들에 대한 감사하는 마음을 갖고, 미래를 볼 때는 자신감을 가져야 한다. 새로운 출발은 이미 시작되었다.

어제의 문을 닫고 그 열쇠를 던져 버려야 한다. 당신은 오늘을 발견했으므로 내일을 두려워할 필요가 없다. 과거를, 일광욕을 즐기는 의자가 아닌 도약대로 이용해야 한다. 그리고 기억해야 한다. 미래를 향한 꿈은 과거에 대한 이야기보다 항상 값지다.

경험은 기껏해야 오늘의 문제에 대한 어제의 답이 될 수밖에 없다. 과거는 우리의 잠재력이 될 수 없다. 그렇기 때문에 과거를 중심으로 미래를 쌓아올리지 말아야 한다. 과거는 지나갔다. 성공하려면 지나온 인생의 일부를 기꺼이 버릴 수 있어야 한다.

전에 있던 곳을 되돌아보는 것보다는 앞으로 갈 곳을 살펴보는 쪽이 더 값지다. 어제의 관점에서만 미래를 봐서는 안 된다. 모든 것을 제한하고 가슴속의 꿈을 방해하기 십상이기 때문이다.

"과거는 그물침대가 아닌 도약판이어야 한다."

에드먼드 버크의 말이다.

과거를 보고 미래를 계획할 수는 없다. 과거가 아직도 대단해 보인다면, 오늘 일을 제대로 하고 있지 않아서 그런 것이다.

미래에는 우리가 기억하는 과거 그 언제보다도 더 큰 행복이 있다. 과거를 보고 미래를 판단하지 말아야 한다. 뒤로 걸어서는 미래로 갈 수가 없다. 진정한 불행이란, 어제의 사람으로 남아 내일의 세상을 살아가려 애쓰는 것이다. 지난날의 실수에 기념비를 세워주지 말자. 지난날의 실수는 보존할 것이 아니라 화장해야 한다.

지난날을 주로 이야기하는 사람은 뒤로 가고 있다. 현재를 이야기하는 사람은 보통 현상유지만 한다. 그러나 미래를 이야기하는 사람은 성장한다. 뒤를 돌아보면 볼수록 앞에 있는 것은 잘 보이지 않는다.

어떤 사람들은 너무 먼 과거에 머물러 있어서, 그들이 미처 미래에 다다르기 전에 미래는 지나가 버린다. 미래는 과거에 사는 사람에게는 두려운 것이다. 오늘까지 어제를 생각하고 있다면 더 나은 내일이 오지 않는다. 어제는 영영 지나갔고 이제 손을 쓸 도리도 없다. 뒤에 있는 것은 앞에 있는 것에 비해 중요하지도 않다.

나아가는 길에서 눈을 떼지 말고, 문제를 예방하기 위해 필요할 때만 뒤를 보아야 한다. 과거로 가는 여행을 멈춰야 한다. 그리고 어제를 생각하느라 오늘을 너무 많이 써버리는 실수를 저지르지 말아야 한다.

마음대로 안 되는 일에서는
마음을 비워야 한다

　우리가 해야 할 일은 자신이 진정 원하는 것이 무엇인지를 아는 것이다. 그렇게 하면 나비를 쫓지 않게 되고, 다이아몬드를 찾으려고 땅을 파헤치지 않아도 된다.

　한 번에 한 가지에만 정신을 집중하고, 당면한 과제와 직접적인 관계가 없는 외부 영향에 신경 쓰지 말아야 한다. 그렇게 하면 마음과 능력이 흐트러짐 없이 집중을 요하는 문제나 주제에 작용하도록 할 수 있을 것이다.

　사람들은 늘 자기가 이렇게 된 것이 주변 환경 탓이라고 말하지만, 나는 환경의 힘을 믿지 않는다. 출세하는 사람은, 일어나 원하는 환경을 찾고 원하는 환경이 없으면 만들어 내는 사람들이다.

　집중 상태에 빠지면 세상의 다른 것에 주의가 흐트러지지 않는다. 앞만 바라보고 시선을 다른 곳으로 돌리지 말고, 걸음을 조심하고 무엇을 하든 확실하게 해야 한다.

소원을 반쯤 이룰 수 있다면 고충은 두 배가 된다는 말이 있다.

똑바르고 좁은 길을 피해 돌아가는 길을 찾으려 한다면 길을 잃어버릴 것이다.

다른 사람들이 내가 못 할 거라고 하는 일을 한 번만 해 보면, 그들이 말하는 한계에 다시는 신경 쓰지 않게 될 것이다.

다른 사람의 말은 우리를 방해하려 하는 고뇌의 가장 큰 요인이 될 수 있음을 기억해야 한다. 남들이 내 삶에 불어 넣는 두려움과 의심으로 인해 고뇌하거나 낙담하면, 나쁜 소식을 잘 듣는 빠른 귀와 앞길의 걱정거리를 잘 발견하는 큰 눈을 지니게 될 것이며 있지도 않을 일을 잘 만들어 내는 사람이 될 것이다.

진실에서 눈을 떼지 말아야 한다. 급한 일 때문에 중요한 일에서 눈을 돌리지 말아야 한다.

골치 아픈 일보다는 잘 풀리고 있는 일에 관심을 더 기울여야 한다. 그날의 목표에 집중하여 행하려면, 마음대로 안 되는 일에서는 마음을 비워야 한다.

현재에
안주하지 말아야 한다

현 상태에 만족하지 않고 안주하지 않는 사람으로 인해 발전이 일어난다.

프랜시스 베이컨은 "빵이 발견되기 전까지는 도토리도 괜찮았다."라고 말했다.

사람들이 대부분 실패하는 이유는, 성공한 계획을 발전시킬 새로운 계획을 꾸준히 세우지 못하기 때문이다.

새로운 아이디어가 생각나지 않으면 옛 아이디어를 더 잘 활용할 방법을 찾아야 한다. 창조할 수 없으면 적어도 개선은 해야 된다.

자기 문제에 대해 하나의 정답을 찾으려 하지 말고, 여러 개의 답을 찾아 그중 제일 좋은 것을 골라야 한다. 항상 꼭 해야 하는 만큼보다 더 많이 해야 한다. 평범과 비범은 글자 하나 차이다.

좋은 것에 만족하면 최고로 좋은 것은 손에 넣을 수 없다. 중요한 것은 무엇을 알았느냐가 아니라 그것을 앎으로써 무엇을 깨달았느냐이다.

모르는 것이 없다고 생각하는 사람은 생각하기를 포기한 것과 같다. 다 왔다고 생각하면 뒤처진다. 성공하는 사람은 일자리를 찾고 나서도 계속 일거리를 찾는다.

공세를 취하고 무슨 일이든 시작해야 한다. 지금의 위치를 지키는 데 시간을 낭비하지 말아야 한다.

선수 치는 습관을 들이고, 결코 하루를 어중간하게 시작하지 말아야 한다.

만에 하나 한 방에 성공한다 해도 더욱 열심히 해야 한다.

100% 만족한 사람은 곧 실패자다.

출판 재벌 사이러스 커티스(Cyrus H. K. Curtis)가 동업자 에드워드 복(Edward Bok)에게 이렇게 말했다고 한다.

"절대 큰 인물이 되지 못하는 사람에는 두 가지 부류가 있다!"

그러자 에드워드 복이 "그게 뭔데?" 하고 묻자,

커티스가 대답했다.

"시키는 일도 못 하는 사람, 시키는 일밖에 못 하는 사람."

더 나은 방법을 찾아서 지금의 방법을 더 낫게 만들어야 한다.

언제나 방법은 있지만, 언제나 그보다 나은 방법도 있다. 뭔가 발견했다 싶으면 다시 살펴야 한다. 공부에는 끝이 없다! 뭔가 간절히 바라면 바랄수록 더 좋은 방법을 찾으려 애쓰게 될 것이다.

남을 섬기면
삶에 의미가 생긴다

몇 년 전 시애틀에서 열린 스페셜 올림픽에서, 정신적 또는 신체적 장애가 있는 참가자 아홉 명이 100미터 달리기의 출발선에 모였다. 총 소리와 함께 그들은 모두 출발했다. 엄밀히 말해 달린다고 하기는 어려웠지만, 완주하고 이기려는 의지가 있었다.

그러다가 한 소년이 땅바닥에 발이 쓸려 넘어져 몇 바퀴 뒹굴더니 울기 시작했다. 다른 선수 여덟 명은 그 울음소리를 들었다. 그들은 속도를 줄이더니 멈춰 섰다. 그리고는 모두 돌아서더니 되돌아갔다. 여덟 명 모두가 다였다. 다운 증후군이 있었던 한 소녀가 몸을 굽혀 넘어진 아이에게 입맞춤을 하고 말했다.

"이제 좀 나아질 거야."

그러고는 아홉 명 모두가 팔짱을 끼고 결승선까지 함께

걸었다.

경기장 안의 모든 사람이 기립했고, 오랫동안 환호가 계속되었다.

삶은 혼자서 살아가려고 한다면 상상도 할 수 없을 만큼 잔인하고 외롭다.

삶은 테니스 경기와 매우 흡사해서, 서브를 잘못하면 지고 만다.

다시 한 번 말하지만, 받기만 하면 살림은 살 수 있지만, 주면 삶을 살 수 있다. 삶을 평가하는 기준은 얼마나 오래 살았느냐가 아니라 얼마나 세상에 기여했느냐이다. 모든 사람은 섬길 수 있으며 따라서 위대해질 수 있다.

기억해야 한다. 인생에서 자신에게 주어진 땅에 불만이 있다면, 그 땅에 봉사 시설을 지어야 한다. 자기 곤경을 잊는 좋은 방법은 다른 사람이 곤경을 벗어나도록 도와주는 것이다.

또 이미 말했듯이 남을 섬기는 것은 완전히 이타적인 것만은 아니다. 주는 사람도 늘 무언가를 받기 때문이다. 인자한 사람은 자신의 영혼을 이롭게 하고 잔인한 자는 자신의 영혼을 해롭게 한다. 이기주의는 다른 사람들을 태우고 자기까지 집어삼키는 화마이다.

우리 불행은 열에 아홉이 이기심에서 비롯된다. 그러므로 다른 사람이 원하는 것을 생각해야 한다. 다른 사람이 성공하도록 도움으로써 가장 크게 가장 빨리 성공할 수 있다는 것은 말 그대로 진실이다. 진정으로 섬기는 자는, 남들이 자신의 재능과 소명, 능력과 힘을 발견하도록 이끌어 의욕을 불어넣는다. 지도자의 존재 이유는, 남들이 지금 있는 곳에서 아직 가보지 못한 곳에 이르도록 돕는 것이다.

세상에서 긍정적인 격려보다 더 강력한 것은 몇 가지밖에 없다. 미소, 낙관적이고 희망적인 말 한 마디, 그리고 힘든 때의 "할 수 있다"라는 한 마디가 그것이다.

남들을 칭찬함으로써 도움을 줄 방법을 찾아야 한다. 지금부터, 성공적인 삶을 정의할 때는 늘 다른 사람에 대한 섬김이 포함되어야만 한다.

무엇이든지 칭찬하면 그만큼 성장한다. 인간 본성의 가장 깊은 곳에 있는 욕구는 인정받고 사랑받고 싶은 욕구이기 때문이다.

받아들이는 태도를
취해야 한다

1달러짜리 지폐가 20달러짜리 지폐를 만났다.

"야, 어디 갔다 온 거야? 요즘 통 못 봤네."

20달러가 대답했다.

"그동안 카지노에 있다가 유람선을 타며 둘러보았지. 그러다 다시 미국으로 와서 야구 몇 게임 보고, 쇼핑몰에 가고, 뭐 그랬어. 너는?"

1달러가 말했다.

"알잖아. 언제나처럼 교회지."

어떤 태도로 받아들이느냐에 따라 큰 차이가 생긴다.

행동은 생각에서가 아니라 책임에 대한 준비성에서 나온다. 책임을 받아들일 태세를 취해야 한다.

가르침을 축적하는 데는 뛰어나면서 새로운 아이디어는

전혀 없는 사람들을 나는 많이 보아 왔다.

보는 눈은 흔하지만 꿰뚫어 보는 눈은 드물다는 말도 있지 않은가.

문제는, 우리는 정보의 홍수 속에서 신뢰에 목말라 허덕이고 있다는 점이다.

저항하느냐 받아들이느냐는 우리가 하루에 한 번, 아니 몇 번씩 하게 되는 선택이다. 닫힌 마음속에서는 새로운 생각이 금세 죽어버린다. 이미 안다고 생각하고 있으면 배울 수가 없다.

수용하려는 자세는 우리가 가진 가장 위대한 능력 중의 하나이다. 신념이 인생의 길잡이가 되게 해야 한다.

사람들이 뜻밖의 일을 기대하지 않았기에 숱한 노벨상이 배수구로 떠내려갔다. 비뚤어진 마음은 마치 현미경처럼 사소한 것은 확대하면서 큰 것은 받아들이지 못한다. 모든 상황은 잘만 보면 기회다.

받아들이는 태도를 취하지 않는 것은, 되를 가져와서 말을 달라는 것과 같다. 진창에 대해 불평하려면 비를 내려 달라 기도하지 말아야 한다.

우리는 사물을 있는 그대로 보지 않고 우리 마음대로 본다. 우리의 마음은 너무나 쉽게 하나의 길에 고정되어 버린다. 우리는 빨간색을 찾느라 파란색을 놓친다. 우리는 사방을 찾아다니지만 답은 우리 코앞에 있다.

서쪽만 보고 있으면 해가 떠오르는 것을 볼 수 없다. 기회가 떨어지는 곳에 치마폭을 펼치고 있으면 치마폭에 기회가 떨어질 수 있다.

'불가능한' 일을 하는 것이야말로
우리의 가장 고귀한 책임이다

한 남자가 밤에 자기 오두막에서 잠을 자고 있는데 방이 빛으로 가득 차며 신이 나타났다. 신은 남자가 해야 할 일이 있다고 말하고는 오두막 앞의 커다란 바위를 보여주었다. 신은 남자가 바위를 온 힘을 다해 밀어야 한다고 말하였다. 그래서 남자는 매일같이 신의 말대로 바위를 밀기 시작했다.

몇 년간 남자는 해가 뜰 때부터 해가 질 때까지 애를 썼다. 꿈쩍 않는 바위의 차디차고 육중한 표면에 어깨를 맞대고, 온 힘을 다해 밀었다. 매일 밤 남자는 아프고 지친 상태로 돌아와서는 하루를 헛되이 보냈다고 생각했다.

남자가 실의에 빠진 것을 본 악마는, 자신이 개입해서 그의 지친 마음속에 이런저런 생각을 불어넣기로 했다.

"너는 그 바위를 오랫동안 밀고 있지만, 바위는 꿈쩍도 않지 않았느냐."

이렇게 악마는 남자에게, 바위를 움직이기는 불가능하며 그가 실패자라는 생각을 심어 주었다. 남자는 그런 생각에 낙담하고 희망을 잃었다.

악마는 "왜 죽도록 이런 일을 하고 있느냐? 그저 최소한의 노력만 하고 시간을 들이는 척만 해야 한다. 그거면 충분할 것이다."라고 말했다.

피곤에 절은 남자는 그렇게 하고 싶었지만, 신에게 복잡한 심경을 고백하기로 했다.

"저는 오랜 시간 힘들게 당신께서 부탁하신 일을 했습니다. 그러나 그 오랜 시간에도, 그 바위를 1센티미터도 움직일 수가 없었습니다. 무엇이 문제입니까? 제가 실패하는 이유가 무엇입니까?"

신은 남자를 가엾어 하며 대답하셨다.

"들으라, 나는 너에게 나를 섬기라 하였고 너는 그것을 받아들였다. 나는 너의 일이 온 힘을 다해 그 바위를 미는 것이라 하였고, 너는 이를 잘 수행해 왔다. 나는 단 한 번도 너에게 바위를 움직이기를 바란다는 언질을 하지 않았다. 너의 임무는 미는 것이었다.

지금 너는 네가 실패했다고 생각하며 힘이 빠져 나에게

왔구나. 허나 정말로 그러한 것이냐? 너 자신을 보아야 한다. 너의 팔은 강해지고 근육이 붙었고, 너의 그을린 등에는 힘줄이 불거져 있다. 계속 밀었기에 너의 손은 두터워졌으며, 너의 다리는 굳세고 단단해졌다. 바위와의 씨름을 통해서 너는 크게 성장했고, 지금의 네 능력은 예전의 능력을 능가한다. 네가 바위를 움직이지 못한 것은 사실이다. 하지만 너는 나의 지혜를 믿고 따르는 것이었다.

자, 이제 내가 바위를 움직이리라."

신의 존재를 믿는 사람은 많으나 신의 뜻을 믿는 사람은 적다. 흔들림 없는 신념을 잃지 않고 사는 삶이 가장 놀라운 삶이다. '불가능해' 라는 말을 입 밖에 내는 순간 당신은 지는 쪽에 서게 된다. 큰일을 꿈꾸고 믿고 기도하면 큰일이 실현된다. 역사상 가치가 있었던 일은 대개 불가능하다고 선언된 일이었지만, 누군가는 그것을 실행에 옮겼다.

인간의 일은 뜻대로 잘 풀리지가 않는다. 훌륭한 일의 중심에는 늘 신이 함께 한다. 과감하게 시야 밖으로 나아가야 한다. 우리에게 이로운 것이 있다면 손닿는 곳에 당도할 것이다.

지금 하는 일이 불가능해 보이는가, 이제 곧 바위는 움직일 것이다.

사랑은 열어주고
구해주며 커지고 창조한다

사랑은 성공에서도 가장 중요한 요소 중의 하나다. 사랑이 없는 인생은 텅 빈 인생이다.

우리는 모두 사랑을 하기 위해 태어난다. 하지만 증오하기는 쉽지만 사랑하기는 어렵다. 좋은 것은 이루기 어렵지만 나쁜 것은 쉽게 손에 넣을 수 있다. 사랑은 방법을 찾게 마련이지만, 그 외의 것은 모두 핑계를 찾게 마련이다. 사랑을 가장 큰 목표로 삼아야 한다.

친절은 어떤 열의, 열변, 가르침보다 더 많은 죄인을 감화시켰다. 사람들에게 과분할 정도로 사랑을 베풀어야 한다. 다른 사람에게 친절한 한 마디를 건넬 기회가 생기면 절대 놓치지 말아야 한다.

항상 친절하면 많은 것을 이룰 수 있다. 태양이 얼음을 녹이듯이, 친절은 오해와 불신, 적대감을 증발시킨다. 항상 친절하도록 노력해야 한다. 사랑을 받고 싶으면, 사랑받을 만한 사람이 되어야 한다. 사랑받을 자격이 없는 사람이라도 사랑하도록 노력해야 한다.

무엇보다도 뜨겁게 서로 사랑해야 한다. 사랑은 모든 죄를 다 덮어준다.

사랑은 어떻게 생겼는가? 사랑은 다른 사람을 돕는 손을 갖고 있다. 사랑은 가난하고 어려운 자들에게 서둘러 갈 수 있는 발을 갖고 있다. 사랑은 사람의 탄식과 슬픔을 듣는 귀를 갖고 있다. 사랑은 그렇게 생겼다.

사랑은 세상을 바꿀 수 있다. 사랑은 곧 삶이다. 사랑을 하지 못하면, 삶을 살지 못하는 것이다.

사랑으로 만사를 행해야 한다.

자기 삶을 되돌아보면, 정말로 살아 있었던 순간은 사랑의 정신으로 무언가 행한 순간이었음을 깨닫게 될 것이다. 사랑은 문을 열고 경계를 허문다.

존 메이슨(John Mason) 지음

베스트셀러 작가이자 연사이다.

그는 인사이트 인터네셔널과 인사이트 출판사의 창립자이자 회장이기도 하다.

그가 회장으로 있는 이 두 조직은 모든 사람들에게 주어진 꿈을 찾아낼 수 있도록 돕고,

그들의 운명을 개척하고 성공할 수 있도록 돕는 일을 하고 있다.

저서로 『평범이라 불리는 적』, 『당신은 할 수 있다: 비록 모든 사람이 할 수 없다고 할지라도』 등이 있다.

달콤한 인생을 위한
긍정의 레시피

2010년 10월 25일 1판 1쇄 인쇄

2011년　6월 20일 1판 3쇄 발행

펴낸곳 ｜ 동해출판

펴낸이 ｜ 하중해

지은이 ｜ 존 메이슨

옮긴이 ｜ 정향

편　역 ｜ 장운갑

마케팅 ｜ 홍의식

디자인 ｜ 하명호

주　소 ｜ 경기도 고양시 일산동구 장항1동 621-32호 (410-380)

전화 ｜ (031)906-3426

팩스 ｜ (031)906-3427

e-Mail ｜ dhbooks96@hanmail.net

출판등록 제302-2006-48호

ISBN 978-89-7080-198-8 (03840)

값 11,000원

*값은 뒷표지에 있습니다.

*잘못 만들어진 책은 구입하신 서점에서 바꿔 드립니다.